KB110834

한여름 밤의 꿈

한여름 밤의 꿈

윌리엄 셰익스피어 최종철 옮김

민음사

차례

일러두기

1 번역에 사용한 저본 및 참고본은 작품 해설에 밝혀 두었다.

2 고유명사의 표기는 국립 국어원의 외래어 표기법을 따르되 이미 굳어져 널리 쓰이는 표기 등은 예외를 두었다.

3 원문에서 의도적으로 어법에 맞지 않게 쓴 표현은 그대로 살려 번역하거나 일부 방언을 사용했고 대부분 각주로 표시했다.

4 독자의 편의를 위해 대사의 행수를 5행 단위로 표기했으며, 이는 원문의 길이와 전체적으로는 거의 같지만 완벽하게 일치하지는 않는다.
한 행이 계단식 배열로 표시된 것은 1) 한 인물이 같은 행을 나누어 말하거나 2) 둘 이상의 인물이 같은 행을 나누어 말하는 경우다.

5 막 구분 없이 장면의 연속으로만 진행되던 셰익스피어 당시 공연 관행을 반영하기 위해 막과 장의 숫자만 명기하고 장소는 각주에서 설명했다.

6 부록에 수록한 원문은 구텐베르크 프로젝트 웹사이트에서 가져왔다.

등장인물

테세우스	아테네의 공작
히폴리타	테세우스와 약혼한 아마존의 여왕
라이샌더 ⎤ 드미트리우스 ⎦	허미아를 사랑하는 두 젊은 궁정인
허미아	라이샌더를 사랑하는 아가씨
헬레나	드미트리우스를 사랑하는 아가씨
이지우스	허미아의 아버지
필로스트레이트	테세우스의 연예 담당관
오베론	요정의 왕
티타니아	요정의 여왕
요정	티타니아의 시종
퍽 또는 로빈 굿펠로	오베론의 익살꾼이면서 대리
완두꽃 ⎤ 거미줄 티끌 겨자씨 ⎦	티타니아를 시중드는 요정들
피터 퀸스	목수 |막간극에서 서두|
닉 보텀	베틀장이 |막간극에서 피라무스|
프랜시스 플루트	풀무장이 |막간극에서 티스베|
톰 스나우트	땜장이 |막간극에서 벽|
스넉	가구장이 |막간극에서 사자|
로빈 스타블링	양복장이 |막간극에서 달빛|

오베론과 티타니아를 시중드는 다른 요정들

테세우스와 히폴리타 소속 귀족 및 시종들

장소   아테네와 그 근처의 숲.

1막 1장

테세우스, 히폴리타, 필로스트레이트,

시종들과 함께 등장.

테세우스 자, 아름다운 히폴리타, 이제 우리 혼인날이
빨리 다가오는구려. 행복한 나흘 뒤면
새 달이 뜬다오. 근데 저 낡은 달은
얼마나 느리게 기우는지! 계모나 과부가
젊은이의 재산을 오랫동안 축내듯이   5
내 욕망을 질질 끌어 풀 죽게 만든다오.

히폴리타 나흘 낮은 재빠르게 밤 속으로 젖어들고
나흘 밤은 재빠르게 꿈결처럼 지나가요.
그러면 새 달은 하늘에서 새롭게 당겨진
은빛 나는 활처럼 우리의 혼례식을   10
내려다볼 거예요.

테세우스   필로스트레이트는 나가서
아테네 청년들을 여흥으로 몰고 가라.
활발하고 민첩한 웃음의 기운을 일깨우고
울적한 마음은 장례식에 보내라,
그 창백한 심보는 축하연과 맞지 않아.   15

(필로스트레이트 퇴장)

16행 칼로 … 구애했고
테세우스는 아마존과의 싸움에서 이긴
다음 그들의 여왕인 히폴리타를 포로로
데려왔다.

1막 1장 장소
아테네. 테세우스의 궁정.

히폴리타, 나는 칼로 그대에게 구애했고
상처를 입히면서 사랑을 얻었소.
하지만 결혼은 분위기를 달리하여
축하연과 경축 행렬, 술잔치로 할 것이오.

(이지우스와 그의 딸 허미아, 라이샌더, 드미트리우스 등장.)

이지우스 고명하신 테세우스 공작님, 행복을 빕니다!   20

테세우스 고맙소, 이지우스. 무슨 일로 이렇게?

이지우스 울화통이 치밀어 불평하러 왔습니다.
제 자식, 제 딸아이 허미아 때문에요.
앞으로 나오게, 드미트리우스. 제 주군이시여,
제가 결혼 승낙한 건 이 사람입니다.   25
앞으로 나와라, 라이샌더. 그런데 공작님,
이자가 제 자식의 마음을 호렸지 뭡니까.
너, 너 말이야, 라이샌더, 넌 애에게 시를 주고
사랑의 정표도 서로 주고받았어.
엉큼한 목소리로 엉터리 사랑의 시구를   30
얘 창문 밑에서 달밤에 노래하고
(설익은 어린애를 강력하게 압도하는)
네 머리털 팔찌와 반지, 패물, 노리개,
장신구, 장난감, 꽃다발, 사탕 과자 따위로
얘의 환상 훔쳐서 네 것으로 만들었어.   35
내 딸의 마음을 교활하게 슬쩍하고
(당연히 나를 향한) 이 애의 복종심을
뻣뻣하고 거칠게 바꿔 놨어. 그래서 공작님,
만약에 이 애가 여기 이 어전에서
드미트리우스와의 결혼에 동의하지 않는다면   40
아테네의 옛 특권을 간청하겠나이다.
이 애는 제 거니까 제 처분 대로지요.

	즉 이 남자를 택하거나 그렇지 않으면	
	본인의 죽음인데, 그럴 경우 우리 법은	
	바로 그 집행을 규정하고 있습니다.	45
테세우스	허미아는 어쩔 테냐? 내 말을 잘 들어 봐.	
	너에게 아버지는 신 같아야 한단다.	
	아름다운 네 모습을 만들어 낸 분이지, 암,	
	그러므로 그에게 넌 밀랍 인형 같은 건데	
	본인이 빚었으니 본인의 권능 따라	50
	그 형태로 두거나 없앨 수도 있단다.	
	드미트리우스는 훌륭한 신사야.	
허미아	라이샌더도 그래요.	
테세우스	사람은 그렇다만	
	이번 일엔 네 아버지 승낙이 없으니	
	다른 쪽이 더 낫다는 생각을 해야겠지.	55
허미아	아버지가 제 눈으로 보셨으면 좋겠어요.	
테세우스	그보단 네 눈이 그의 판단력으로 봐야겠지.	
허미아	소녀 진정 각하께 용서를 간청하옵나이다.	
	무슨 힘 때문에 제가 용감해졌는지	
	또한 여기 어전에서 항변을 하는 것이	60
	제 겸양에 적절한 것인지는 모릅니다.	
	하오나 각하께서 제게 알려 주십시오,	
	제가 만일 드미트리우스와의 결혼을	
	거절할 경우에 최악의 사태가 무엇인지.	
테세우스	법에 따라 죽임을 당하거나 아니면	65
	남성과의 교제를 영원히 포기하는 것이다.	
	그러니까 허미아야, 네 욕망을 살펴보고	
	네 젊음을 이해하고 혈기를 잘 따져 봐,	
	아버지의 선택에 따르지 않을 경우	

수녀의 제복을 견딜 수 있는지,   70
어두운 수도원에 영원히 갇힌 채
쌀쌀맞은 달에게 가냘픈 찬송가 부르며
불모의 여자로 한평생 살아갈 수 있는지.
그렇게 혈기를 잘 다스려 인생길을
처녀로서 걷는다면 삼중의 축복이지.   75
하지만 즙을 남긴 장미가 속세의 행복은
더 크니라, 미혼의 가지 끝에 시들면서
독신의 축복 속에 살다 죽는 것보다는.

허미아   각하, 저의 처녀 특권을 내놓기 이전에
저는 그리 살다가 그리 죽을 것입니다.   80
제 영혼은 이 남편의 반갑잖은 멍에에
지배권을 주는 데 동의하지 않습니다.

테세우스   시간을 좀 가져라, 그런 다음 새 달이 뜰 즈음 ―
내 애인과 나 사이에 백년해로 가약이
맺어지게 되는 날 ― 그날이 왔을 때   85
네 아버지 의사에 불복종한 대가로
죽음을 맞이할 준비를 하든지 아니면
드미트리우스가 원할 테니 결혼을 하든지
아니면 처녀 여신 디아나의 제단에
영원한 금욕과 독신을 맹세해라.   90

드미트리우스 마음 풀어, 허미아, 그리고 라이샌더
무효인 네 자격을 분명한 내 권리에 넘겨 줘.

라이샌더   드미트리우스, 넌 그녀의 부친 사랑 가졌잖아,
허미아 사랑은 내게 주고 그 부친과 결혼해.

이지우스   경멸에 찬 라이샌더, 맞아, 난 그를 사랑해.   95
그래서 내 사랑은 내 것을 그에게 줄 거야.
얘는 내 거니까 얘에 대한 내 모든 권리를

	드미트리우스에게 부여한다, 그 말이야.	
라이샌더	각하, 저도 그와 꼭 같이 가문 좋고	
	가진 것도 같은 데다 제 사랑은 더욱 크고	100
	재산 또한 어느 모로 보거나 그보다 더	
	우위는 아니라도 동급으로 양호하며	
	이 모든 자랑보다 더 나은 것으로서	
	아름다운 허미아의 사랑을 받습니다.	
	그런데 제가 왜 제 권리를 행사하지 못하죠?	105
	드미트리우스는 맞대 놓고 단언컨대,	
	네다르 어른의 딸 헬레나의 사랑을 구했고	
	그 영혼을 얻었는데, 착한 처녀 혹했어요,	
	열렬하게 혹했어요, 맹신하며 혹했어요,	
	변덕으로 얼룩진 이 친구에게요.	110
테세우스	고백건대 나 또한 그만큼은 들었고	
	드미트리우스와 그 얘기를 해 볼까 생각했지.	
	그런데 내 일에 너무 깊이 파묻혀	
	그걸 잊어버렸다네. 하지만 드미트리우스	
	그리고 이지우스, 나와 함께 갑시다,	115
	둘에게 사적으로 교육할 게 있으니까.	
	그리고 허미아는 마음을 굳게 먹고	
	네 애정을 아버지 의사에 맞추도록 하여라.	
	안 그러면 아테네의 법에 따라 네 몸은	
	(이것은 짐이 절대 경감할 수 없기에)	120
	죽음 또는 독신의 서약에 맡겨질 것이다.	
	갑시다, 히폴리타. 심기가 불편하오?	
	드미트리우스와 이지우스, 갑시다,	
	우리 둘의 혼인에 대비하여 이런저런	
	일도 좀 시키고 두 사람과 밀접하게	125

	관련된 사안으로 의논도 해야겠소.	
이지우스	충심으로 각하를 시중들겠나이다.	

(라이샌더와 허미아만 남고 모두 함께 퇴장)

라이샌더	괜찮아? 자기 뺨이 왜 그렇게 창백해?	
	장밋빛은 어쩐 일로 그리 빨리 없어졌어?	
허미아	빗물이 부족한 건가 봐. 그런 건 쉽사리	130
	내 눈 속의 태풍으로 채워 줄 수 있는데.	
라이샌더	아아! 지금까지 내가 읽은 그 어떤 것에도	
	이야기나 역사로 들었던 그 어디에서도	
	참사랑의 길은 결코 순탄한 적 없었으니	
	때로는 두 사람의 혈통이 달랐거나 —	135
허미아	오, 훼방이다! 낮은 남자 노예 되긴 너무 높아.	
라이샌더	아니면 나이에서 잘못 결합되었거나 —	
허미아	오, 심술이다! 애송이와 약혼하긴 너무 위야.	
라이샌더	그것도 아니면 친구들의 선택에 달렸거나 —	
허미아	오, 지옥이다! 타인의 눈으로 사랑을 택하다니!	140
라이샌더	아니면 선택하는 마음은 일치해도	
	전쟁이나 죽음 또는 질병이 사랑을 공격하여	
	그것을 한순간의 소리처럼 덧없게	
	그늘처럼 빠르게, 꿈처럼 짤막하게 아니면	
	꽝 하고 터지며 하늘과 땅 양쪽을 밝힌 뒤	145
	누군가 '저것 봐라!' 말하기도 이전에	
	어둠의 아가리가 꿀꺽 삼켜 버리는	
	칠흑 밤의 번개처럼 짧아지게 만들어.	
	빛나는 것들은 이처럼 너무 빨리 사라져.	
허미아	참다운 연인들이 언제나 좌절을 겪는다면	150
	그건 마치 운명의 포고령과 다름없네.	
	그럼 우리 이 시련을 인내하며 극복하자,	

한여름 밤의 꿈

왜냐하면 그것은 상념과 꿈, 한숨, 소망,
그리고 눈물이 가련한 연정을 따르듯이
사랑에겐 으레 있는 좌절인 셈이니까.   155

라이샌더   설득 한번 잘했어. 그러니까 들어 봐, 허미아,
나에겐 과부가 된 미망인 이모가 계신데
수입은 많지만 자식은 없으셔.
그녀 집은 아테네와 이십 마일 떨어졌고
나를 자기 자신의 외아들로 여기시지.   160
거기서 허미아, 난 너와 결혼할 수 있단다.
그러면 아테네의 가혹한 법도 우릴
거기까진 추적 못 해. 그러니 날 사랑한다면
내일 밤 아버지의 집에서 빠져나와.
그럼 난 시내에서 삼 마일 밖 숲속에서   165
(오월제의 아침 의식 치르려고 언젠가
헬레나와 너를 한 번 함께 만난 그곳에서)
기다리고 있을게.

허미아   믿음직한 라이샌더,
너에게 맹세할게, 큐피드의 최고로 강한 활과
그가 지닌 최상의 황금빛 화살촉과   170
비너스의 비둘기의 꾸밈없는 모습과
영혼 맺고 사랑을 키워 주는 것들과
거짓된 트로이 남자의 떠나는 배 봤을 때
카르타고 여왕이 타 죽었던 불길과
남자들이 지금까지 깬 맹세를 다 걸고   175

170행 황금빛 화살촉
사랑의 신 큐피드에게는 금촉과 납촉의 화살이 있는데 전자는 사랑을 후자는 무관심을
일으킨다.
171행 비너스의 비둘기
비너스 여신이 타는 마차를 끄는 비둘기.

　　　　　　　(여자들이 지금까지 한 것보다 많을 텐데.)

　　　　　　　나에게 지정해 준 바로 그 장소에서

　　　　　　　난 내일 틀림없이 널 만나게 될 거야.

라이샌더　　약속 지켜, 자기야. 저것 봐, 헬레나야.

　　　　　　　　　　　(헬레나 등장.)

허미아　　　복 많이 받아라, 어여쁜 헬레나! 어디 가니?　　　　　180

헬레나　　　내가 예뻐? 예쁘다는 그 말을 취소해!

　　　　　　　드미트리우스는 널 사랑해, 오 행운의 예쁜이!

　　　　　　　네 눈은 북두칠성이고 달콤한 네 노래는

　　　　　　　밀밭이 푸르고 산사나무 꽃 맺힐 때

　　　　　　　목동 귀엔 종달새 소리보다 더 곱단다.　　　　　　185

　　　　　　　전염병은 옮잖아. 오, 미모도 그렇다면

　　　　　　　어여쁜 허미아, 가기 전에 네 것을 옮을래.

　　　　　　　내 귀는 네 목소리, 내 눈은 네 눈 옮고

　　　　　　　내 혀는 네 혀의 고운 가락 옮을래.

　　　　　　　이 세상 내 거라면 드미트리우스만 빼놓고　　　　190

　　　　　　　나를 너로 바꾸려고 그 나머진 다 줄게.

　　　　　　　오, 가르쳐 줘, 어찌 보고 어떠한 기술로

　　　　　　　드미트리우스의 마음을 휘어잡고 있는지.

허미아　　　내가 눈살 찌푸려도 그는 날 사랑해.

헬레나　　　오, 내 미소가 네 눈살의 기술을 배웠으면!　　　　195

허미아　　　내가 저주하는데도 그는 날 사랑해.

헬레나　　　오, 내 기도로 그런 애정 얻을 수 있었으면!

허미아　　　내가 그를 미워하면 할수록 날 따라와.

173행　트로이 남자
베르길리우스의 서사시 『아이네이스』의 주인공인 아이네이아스를 가리키는데, 그가 로마
건국을 위하여 카르타고를 떠났을 때 그를 사랑했던 디도 여왕은 스스로를 불태워 죽었다고
한다.

한여름 밤의 꿈

16

헬레나	내가 그를 사랑하면 할수록 날 미워해.	
허미아	그의 어리석음은 내 잘못이 아니야, 헬레나.	200
헬레나	네 미모 때문이지. 그 잘못이 내 것이었으면!	
허미아	안심해. 그는 다시 내 얼굴 못 볼 거야,	

라이샌더와 나 자신이 이곳을 뜰 테니까.
내가 라이샌더를 만나기 전까지는
아테네가 나에겐 낙원 같아 보였어.   205
오, 그렇다면 내 사랑에 웬 미덕이 있어서
그가 이 천국을 지옥으로 바꿔 놨지!

라이샌더   헬렌, 우리의 마음을 너에게는 밝힐게.
우리는 내일 밤 달의 여신 포이베가
칼날 같은 풀잎에 진주 이슬 달아 주며   210
자신의 은빛 얼굴 물거울에 비춰 볼 때
(연인들의 도피를 언제나 감춰 주는 그 시각에)
아테네 성문을 빠져나갈 작정이야.

허미아   그리고 숲속에서, 너와 내가 여러 번
가슴속의 달콤한 비밀을 쏟아 내며   215
파리한 앵초꽃 침대 위에 누웠던 곳,
그곳에서 라이샌더와 난 만날 거야.
그런 다음 아테네 밖으로 눈을 돌려
새로운 친구들과 낯선 동무 찾을 거야.
잘 있어, 소꿉친구, 우릴 위해 기도해 줘   220
그리고 운 좋게 드미트리우스 차지해!
약속 지켜, 라이샌더. 내일 깊은 자정까지
우리 눈은 서로를 못 보고 굶어야 해.

라이샌더   그렇게, 허미아.   (허미아 퇴장)
잘 있어, 헬레나.
너처럼 드미트리우스도 너에게 혹하기를!   225

17

헬레나　누구는 누구보다 얼마나 더 행복할까!
　　　　아테네를 통틀어 나도 쟤만큼이나 예쁘다지.
　　　　그럼 뭐 해? 드미트리우스의 생각은 다른데.
　　　　자기 빼고 다 아는 걸 그는 알지 않으려 해.
　　　　그리고 허미아의 눈에 혹해 그가 빛나가듯이　　　　230
　　　　나도 그의 자질에 감탄하고 있잖아.
　　　　사랑은 저급하고 천하며 볼품없는 것들을
　　　　가치 있는 형체로 바꿔 놓을 수 있어.
　　　　사랑은 눈이 아닌 마음으로 본다니까,
　　　　그래서 날개 달린 큐피드를 장님으로 그려 놨지.　　235
　　　　게다가 사랑의 마음은 판단력도 전혀 없어,
　　　　날개 있고 눈 없으니 무턱대고 서두르지.
　　　　그러니까 사랑을 어린애라 하잖아,
　　　　선택할 때 그 애는 너무 자주 속으니까.
　　　　짓궂은 소년들이 재미로 거짓 맹세 하듯이　　　　240
　　　　어린 꼬마 사랑은 도처에서 위증해.
　　　　드미트리우스가 허미아의 두 눈을 보기 전엔
　　　　자긴 오직 내 거라고 우박 맹세 퍼붓다가
　　　　그 우박이 허미아의 열기를 느꼈을 때
　　　　그는 녹고 무더기 맹세도 녹아 버렸으니까.　　　　245
　　　　어여쁜 허미아의 도망을 그에게 일러야지,
　　　　그럼 그는 내일 밤 숲속으로 그녀를
　　　　뒤쫓아 가겠지. 정보를 준 대가로
　　　　감사라도 받는다면 그건 아주 비쌀 거야.
　　　　하지만 이건 그를 거기와 여기에서 보면서　　　　250
　　　　내 고통을 더욱더 키우겠단 뜻이야.　　　　(퇴장)

한여름 밤의 꿈

1막 2장

목수 퀸스, 가구장이 스넉, 베틀장이 보텀,

풀무장이 플루트, 땜장이 스나우트,

그리고 양복장이 스타블링 등장.

퀸스　단원들은 다 모였어?

보텀　사람들을 한꺼번에 한 사람씩 대본에 따라 불러
　　　보는 게 가장 좋겠어.

퀸스　여기 이 두루마리에 공작님과 부인의 결혼식 날 밤,
　　　두 분 앞에서 있을 우리의 막간극에 아테네를 통틀　　5
　　　어 역을 맡기에 적당하다고 생각되는 사람들의 이
　　　름은 죄다 적혀 있어.

보텀　퀸스 형, 우선 그 극이 무얼 다루는지 얘기해. 그런
　　　다음 배우들의 이름을 부르고 나서 결론을 내리지
　　　그래.　　10

퀸스　알았어, 우리 극은 '피라무스와 티스베의 가장 구슬
　　　픈 코미디 그리고 가장 비참한 죽음'이야.

보텀　아주 훌륭한 작품이야, 틀림없어, 게다가 유쾌하고.
　　　그럼 퀸스 형, 대본 따라 배우들을 불러 봐. 이보게들,
　　　펼쳐 앉지.　　15

퀸스　부를 테니 대답해. 베틀장이 닉 보텀?

보텀　여깄어. 내 역할이 뭔지 말하고 나서 진행해.

퀸스　닉 보텀, 자네는 피라무스 역으로 정해졌어.

1막 2장 장소
아테네. 퀸스의 집.

2행 한꺼번에...사람씩
보텀이 하고자 하는 말은 '한 번에 한
사람씩'일 것이다. 그의 이런 의도하지 않은
말실수는 계속 나타난다.

보텀	피라무스가 뭐야? 연인이야, 폭군이야?
퀸스	연인인데 사랑을 위해 아주 멋지게 자결하는 사람 20 이지.
보텀	그걸 진짜로 연기하면 눈물깨나 불러일으킬 텐데. 내가 그걸 하면 관객들에게 눈을 조심하라고 해. 난 폭풍을 일으킬 거고 상당히 애처롭게 말할 거야. 나 머지 배우 — 하지만 내 체질에는 폭군 역이 최고야. 25 난 에라크레스를 기똥차게 연기하거나 열변을 토하 고 난리 부리는 역할도 할 수 있어.

<blockquote>

'쌩쌩 나는 바윗돌

꽁꽁 닫힌 감옥 문

와장창 때리면서   30

    부숴 버릴 것이고

태양신을 태운 마차

멀리멀리 불 비추며

바보 운명 여신들을

    쥐락펴락하리라.'   35
</blockquote>

이건 고상한 거였어! 이제 나머지 배우들의 이름을
불러 봐. 이건 에라크레스의 말투고 폭군의 말투야.
연인은 좀 더 애처롭지.

퀸스	풀무장이 프랜시스 플루트?
플루트	여기요, 피터 퀸스. 40
퀸스	플루트, 자네는 티스베를 맡아야겠어.
플루트	티스베가 뭔데요? 방랑하는 기사인가?

26행 에라크레스
'헤라클레스'를 정확하게 발음하지 못한
결과.

28~35행 쌩쌩 ... 하리라
당시 영어로 번역된 로마 작가 세네카의
비극의 일부와, 과장된 고전 암시를
희화화한 것. (아든)

퀸스	그건 피라무스가 사랑하는 숙녀야.
플루트	에이 정말, 여자 역은 시키지 마세요. 수염이 나고 있단 말입니다.
퀸스	그런 건 상관없어, 망사로 가리고 할 테니까. 그리고 원하는 만큼 작게 말할 수도 있어.
보텀	얼굴을 가릴 수 있다면 티스베 역도 내가 하게 해 줘. 난 엄청나게 적은 목소리로 말할 거야. '티스네, 티스네!' ― '아, 피라무스, 그리운 내 님이여! 그대의 티스베, 그대의 숙녀예요!'
퀸스	아니, 아냐, 자넨 피라무스 역을 해야지 돼. 그리고 플루트, 자네가 티스베고.
보텀	그렇다면 계속해.
퀸스	양복장이 로빈 스타블링?
스타블링	여기야, 피터 퀸스.
퀸스	로빈 스타블링, 자넨 티스베 어머니 역을 해야겠어. 땜장이 톰 스나우트?
스나우트	여기야, 피터 퀸스.
퀸스	자넨 피라무스의 아버지, 나는 티스베의 아버지, 가구장이 스넉, 자넨 사자 역할이야. 그러면 극이 다 맞춰진 것 같구먼.
스넉	사자 역은 다 써 놨어? 그렇다면 제발 그걸 내게 주게, 난 외우는 게 더디니까.
퀸스	자네 역은 즉흥적으로 할 수 있어, 어흥 소리를 내는 것뿐이니까.
보텀	사자 역도 내가 하게 해 줘. 내 어흥 소리를 들으면 누구든지 마음이 시원하게 해 줄 테야. 내가 어흥

45

50

55

60

65

49행 티스네
티스베의 애칭.

하면 공작님은 '어흥 한 번 더 해 봐라, 어흥 한 번

더 해 봐!' 하실 거야.   ₇₀

퀸스   자네가 그걸 너무 무시무시하게 했다가는 공작 부

인과 숙녀들을 놀라게 할 테고 그분들은 비명을 지

르실 거야. 그럼 그걸로 우린 모두 목매달려 죽을

거야.

모두   목매달려 죽을 거야, 너 나 할 것 없이.   ₇₅

보텀   이봐요, 만약에 여러분들이 숙녀들을 겁줘서 혼을

빼 놓는다면 그분들이 우릴 목매달 도리밖에 없다

는 걸 인정합니다. 하지만 난 목소리를 악화시켜 젓

빠는 비둘기처럼 부드럽게 어흥 할 거라고요. 마치

꾀꼬리가 된 것처럼 어흥 할 거란 말입니다.   ₈₀

퀸스   자넨 피라무스 말고 어떤 역도 할 수 없어. 왜냐하면

피라무스는 잘생긴 남자니까. 여름날에 만나는 남자

처럼 멋진 사람이고 가장 사랑스러운 신사 같은

남자니까. 그러니까 자넨 피라무스 역을 해야만 해.

보텀   그렇다면, 내가 맡도록 하지. 어떤 수염을 달고 그   ₈₅

역을 하는 게 가장 좋을까?

퀸스   그야 자네 맘대로지.

보텀   난 그걸 그 흔한 밀짚 색깔 수염이나, 그 흔한 오렌

지 갈색 수염이나, 그 흔한 자주색 물들인 수염이나,

그 흔하고 완벽한 노랑, 그 흔한 프랑스 금화 색깔   ₉₀

수염으로 해낼 거야.

퀸스   그 흔한 프랑스 병에 걸린 사람 머리엔 금화처럼 털

이 전혀 없지, 그래서 수염 없이 연기할 거야. 하지만

이보게들, 이게 자네들 각자의 역할이야. 그리고 자

78행 악화

'약화'가 맞는 말이다.

한여름 밤의 꿈

22

네들에게 간청컨대, 요청컨대, 요망컨대 내일 저녁   95
까지 외워 주길 바라네. 그런 다음 시내에서 일 마
일 떨어진 궁정 숲에서 달밤에 만나세. 우린 거기에
서 연습할 거야, 시내에서 만나면 사람들이 우리 뒤
를 밟아서 계획이 알려질 테니까. 난 그동안 극에 필
요한 소도구 목록을 만들어 보겠네. 날 실망시키지   100
들 말게나.

보텀   우린 만날 거야, 그리고 거기에서 가장 음란하고 용
감하게 연습할 거야. 신경들 쓰라고, 완벽하도록.
안녕!

퀸스   공작의 참나무 밑에서 만나세.   105

보텀   됐어. 안 나오면 꽝이지 뭐.   (함께 퇴장)

2막 1장

한쪽 문에서 요정, 다른 쪽 문에서 퍽 등장.

퍽   웬일로, 정령아, 어딜 그리 쏘다녀?

요정   언덕 넘어 골짝 넘어

         수풀 지나 덤불 지나

         수렵장과 울짱 넘어

         큰물과 불을 지나   5

         달의 천구층보다 더 빠르게

90행 완벽한
'완벽한'를 정확하게 발음하지 못한 결과.
92행 프랑스 병
매독을 가리키며, 털이 빠지는 것은 그 증상
가운데 하나이다.

102행 음란하고
추측건대 아마도 '은밀하고'를 잘못 말해서
이렇게 된 듯하다. (RSC)
2막 1장 장소
아테네 근처의 숲.

내가 아니 쏘다니는 곳은 없어.

그리고 난 요정 여왕 위하여

이슬로 풀밭 위에 원을 그려.

큰 앵초는 여왕 근위병인데   10

그들의 금 외투에 박힌 점은

요정들이 하사받은 홍옥이고

그 반점엔 향내가 살아 있어.

난 이곳 이슬방울 열심히 찾아내어

모든 앵초 귀에다 진주를 달아야 해.   15

잘 가라, 촌뜨기 정령아, 나도 갈게.

여왕께서 요정 다 데리고 곧 이리로 오실 거야.

퍽　　왕께서는 오늘 밤 여기서 잔치를 벌이셔,

여왕이 그의 눈에 안 띄도록 조심해.

오베론은 극도로 사납고 화나셨어,   20

인도의 왕에게서 훔쳐 온 미소년을

그녀가 시종으로 가졌기 때문이야. ─

그렇게 귀여운 업둥이 그녀에겐 없었지.

질투에 찬 오베론은 거친 숲속 돌아다닐

수행원 기사로 그 애를 가지려 하지만   25

그녀는 사랑하는 소년을 억류하고

화환을 씌워 주며 애지중지하고 있어.

그래서 두 분이 숲속이든 풀밭 위든

맑은 샘 주변이든 별빛 밝은 밤이든

만나면 다투게 되니까 모든 요정 두려워서   30

도토리 꼭지 속에 기어들어 숨는단다.

요정　　네 형상을 완전히 착각한 게 아니라면

6행 천구층
고대인들은 행성, 별, 천체가 여기에 붙어 함께 움직이는 것으로 믿었다.

넌 바로 교활하고 짓궂은 정령인
로빈 굿펠로야. 네가 바로 마을의 처녀들을
놀라게 만들고 우유 기름 걷어 내며   35
때로는 맷돌을 안에서 조작하여
숨 가쁜 아낙네가 헛돌리게 만들고
때로는 술 효모가 안 생기게 하거나
밤 길손들 속여 먹고 다치면 웃는 애지?
널 도깨비, 친절한 퍽이라고 부르는 사람들   40
넌 그들을 도와주고 행운을 가져다줘.
그게 바로 너잖아?

퍽   네 말이 맞았어.
내가 바로 그 유쾌한 밤의 방랑자란다.
난 어릿광대짓으로 오베론을 웃겨 드려,
콩 먹고 통통해진 말처럼 변장하고   45
암 망아지 목소리로 히힝 하고 울면서.
난 때로 불에 구운 능금과 꼭 같은 형태로
수다쟁이 사발 속에 몰래 숨어 있다가
그녀가 마실 때 입술을 탁 치고
주름 잡힌 늙은 목에 술을 쏟게 만들지.   50
똑똑한 노파께서 가장 슬픈 얘기할 때
때론 나를 삼발이 의자로 잘못 알아.
그때 내가 잽싸게 몸을 빼면 그녀는 넘어지며
'어이쿠' 소리친 다음에 헛기침한단다.
그러면 모든 청중 배꼽 쥐고 웃으며   55
넘치는 기쁨 속에 재채기하면서 맹세하길
더 유쾌한 시간은 없었다고 말들 하지.
하지만 비켜라, 요정아! 오베론 나오신다.

요정   여왕님도 오시네. 저분은 가셨으면 좋겠어!

25

(한쪽 문에서 요정의 왕 오베론, 그의 시종들과 함께,
다른 쪽에서 여왕 티타니아, 그녀의 시종들과 함께 등장.)

오베론　　달빛 아래 잘못 만난 오만한 티타니아.　　　　　　　60

티타니아　흥, 질투하는 오베론? 요정들아, 저리 가.
　　　　　난 그와 잠자리도 동무도 그만뒀어.

오베론　　멈춰라, 성급한 것! 내가 남편 아니더냐?

티타니아　그럼 난 당신의 부인이죠. 하지만 난 알아요,
　　　　　언제쯤 당신이 요정 나라 빠져나가　　　　　　　　65
　　　　　코린의 모습으로 하루 종일 앉아서
　　　　　매혹적인 필리다에게 보리피리 불어 주며
　　　　　사랑을 읊었는지. 여긴 왜 왔어요,
　　　　　머나먼 인도에서 온 이유가 뭐예요?
　　　　　장화 신은 아가씨, 당신의 무사 애인,　　　　　　　70
　　　　　저 씩씩한 아마존의 여왕이 테세우스와
　　　　　결혼해야 되니까 그들의 혼인과 후손을
　　　　　축복해 주려고 온 것이 틀림없잖아요?

오베론　　티타니아, 어떻게 당신이 창피하게
　　　　　히폴리타 끌어들여 내 평판을 건드리오,　　　　　　75
　　　　　당신의 테세우스 사랑을 내가 아는 줄 알면서?
　　　　　페리구네 강간한 그 친구를 당신이
　　　　　희미한 밤중에 달아나게 인도해 줬잖소?
　　　　　또한 그가 아름다운 이글스와 아리아드네,
　　　　　안티오파와도 서약을 깨게 하지 않았소?　　　　　　80

티타니아　그건 다 질투심이 꾸며 낸 거짓말이에요.
　　　　　그래서 우리가 한여름이 시작된 이래로
　　　　　언덕이나 골짜기나 숲이나 초원에서

66행 코린
목가에 흔히 등장하는 양치기의 이름. 다음 줄의 필리다는 여자 양치기의 이름.

한여름 밤의 꿈

26

자갈 깔린 연못가나 골풀 덮인 개울가나
평평한 해변에서 속삭이는 바람 따라 85
원무를 추려고 만나기만 했다 하면
당신은 소란 피워 우리 놀이 방해했죠.
따라서 바람은 우리에게 헛되이 불고 나서
복수라도 하듯이 유독성 안개를
바다에서 빨아올려 땅 위에다 떨구니까 90
시시한 강들조차 모조리 오만하게 부풀어
막고 있는 강둑을 넘어가게 되었어요.
따라서 황소들은 헛되이 멍에 끌고
농부는 땀방울을 낭비하며 푸른 밀은
다 커서 수염도 달기 전에 썩었고 95
물에 잠긴 들판의 양 우리는 비었으며
까마귀는 병든 가축 시체들로 살이 찌고
모리스 춤 터에는 진흙만 가득하며
무성한 풀밭 위의 정교한 미로들은
아무도 밟지 않아 식별이 불가능해졌어요. 100
인간들은 겨울철의 생기가 모자라고
밤에도 찬송가나 축가를 들을 수 없어요.
그 때문에 홍수를 관장하는 달님이
창백한 분노의 빛으로 온 대기를 적시니
류머티즘 계통의 질병이 쫙 퍼졌죠. 105
이러한 이변의 결과로 우리는 계절이

77~80행 페리구네 ... 안티오파
모두 테세우스가 사랑했던 여인들. 이
가운데 미궁에 갇혀 있는 미노타우로스를
죽이고 그곳을 빠져나오도록 도움을
주었으나 나중에 버림받은 아리아드네
이야기는 잘 알려져 있었다. (뉴펭귄)

98행 모리스 춤
영국 북부에서 기원된 민속 무용으로
오월제에 흔히 추었다.

뒤바뀐 걸 봅니다. 백발의 무서리가
새빨간 장미의 싱싱한 꽃잎 위에 내리고
노인 같은 겨울의 얇고도 차가운 머리 위엔
아름답고 향기로운 여름 꽃눈 화환이   110
조롱하듯 얹혔으며, 봄과 또 여름과
결실의 가을과 분노한 겨울이
평상복을 바꾸니까 당황한 세상이 이제는
어느 게 어느 계절 산물인지 몰라요.
바로 이런 폐해가 생겨나게 만든 것이   115
우리 둘의 싸움이고 우리 둘의 다툼이며
우리가 그 원인 제공자란 말이에요.

오베론   그렇다면 고쳐 봐요, 당신한테 달렸으니.
티타니아가 왜 오베론을 거역해야만 하오?
난 꼬마 업둥이 하나를 으뜸 시동 삼으려고   120
구걸하는 것뿐인데.

티타니아   마음 푹 놓으세요.
요정 나라 다 준대도 내게서 못 사가요.
걔 어미는 날 섬기는 여신도였는데
향내 나는 인도 공기 맡으며 밤중에
내 곁에서 정말 자주 수다를 떨었고   125
바다 위를 항해하는 무역선을 지켜보며
넵튠의 황금빛 모래 위에 같이 앉아 있었죠.
그때 우린 돛들이 음탕한 바람으로
배불러지는 걸 보면서 웃었는데 그녀는
(내 어린 종자로 크게 부푼 자궁 안고)   130
헤엄치듯 귀여운 걸음으로 그 돛을
따라가며 흉내 냈고, 육지 위를 달리며
귀한 상품 가득 싣고 항해에서 돌아오듯

하찮은 것 주워서 내게 다시 돌아왔죠.

하지만 인간인 그녀는 걔 때문에 죽었고 135

난 그녀를 위하여 그 애를 기르며

그녀를 위하여 그 애와 떨어지지 않겠어요.

오베론 이 숲속엔 얼마나 머무를 작정이오?

티타니아 아마도 테세우스 결혼 날 뒤까지요.

당신이 인내하며 우리와 원무 추고 140

우리의 달밤 잔치 보겠다면 같이 가고

아니면 피해요, 나도 당신 멀리할 테니까.

오베론 그 애를 내게 줘요, 그럼 함께 갈 테니까.

티타니아 요정 왕국 준대도 안 돼요. 요정들아, 가자!

더 이상 머물다간 영락없이 싸우겠다. 145

          (티타니아와 시종들 함께 퇴장)

오베론 그래, 가 봐. 수풀을 벗어나기 이전에

이 모욕의 대가로 고문을 해 줄 테니.

귀여운 퍽, 이리 와. 넌 기억하느냐?

내가 한번 높은 곳에 앉아서 듣자 하니

돌고래 등에 탄 인어 아가씨 하나가 150

너무나도 감미로운 화음을 뽑아내어

그녀의 노래에 거친 바다 가라앉고

별들이 그 바다 아가씨의 음악을 들으려고

미친 듯이 궤도를 뛰쳐나갔던 때를?

퍽   기억해요.

오베론 바로 그 순간에 (너는 못 봤지만) 나는 봤어, 155

차가운 달님과 땅 사이를 날아가는

중무장한 큐피드를. 서쪽에서 등극한

아름다운 정녀(貞女)를 그는 겨냥했었고

십만의 가슴을 꿰뚫을 듯 세차게

29

사랑의 화살을 시위를 놓으면서 날렸지.　　　　　　160
하지만 그 어린 큐피드의 불같은 화살은
순결하고 습기 찬 달빛 속에 꺼졌으며
수녀 여왕께서는 연정에 안 빠진 채
처녀의 명상을 계속하고 계셨단다.
근데 난 그 화살이 떨어진 곳 지켜봤어.　　　　　　165
서쪽의 작은 꽃에 떨어졌고 원래의 우윳빛이
사랑의 상처로 이제는 자주로 변했는데
처녀들은 그것을 팬지라고 부른단다.
내가 한 번 보여 줬던 그 꽃을 가져와라,
잠자는 눈꺼풀에 그 꽃 즙을 바르면　　　　　　170
눈 뜨고 처음 보는 생물에게, 남자든 여자든
미치도록 혹하게 만들 수 있단다.
그 약초를 가져와, 그런 다음 너는 다시
큰 고래가 삼 마일을 가기 전에 여기로 와.

퍽　　사십 분 안으로 지구에게 허리띠를　　　　175
　　　빙 둘러 매 줄게요.　　　　　　　　　　(퇴장)

오베론　　　　　　　　그 즙을 얻은 다음
티타니아가 잠들 때를 기다리고 있다가
그녀의 눈 속으로 이 액체를 넣어야지.
그녀는 깨났을 때 처음으로 보는 것을
(사자든 곰이든 늑대든 황소든　　　　　　180
성가신 성성이든 참견하는 원숭이든)
사랑의 일념으로 뒤쫓게 될 것이다.
그리고 그녀의 시야에서 마법을 풀기 전에
(또 다른 약초로 풀어 줄 수 있으니까.)

158행　정녀
엘리자베스 여왕을 가리킨다.

한여름 밤의 꿈

자신의 시동을 내놓게 만들 테다.

그런데 이 누구야? 이들 눈에 난 안 보여,

그래서 이들의 대화를 엿들어 볼 테다.

(드미트리우스와 그를 따르는 헬레나 등장.)

드미트리우스　난 너를 사랑 안 해, 그러니까 뒤쫓지 마.

라이샌더와 아름다운 허미아는 어디 있어?

하난 내가 죽일 거고 다른 하난 나를 죽여. 190

그들이 이 숲으로 도망쳤다 했잖아.

그래서 난 여기 왔고 이 숲에서 미치겠어,

왜냐하면 허미아를 만나 볼 수 없으니까.

저리가, 사라져, 더 이상 날 쫓지 마.

헬레나　　　자석 같은 심장 가진 당신이 날 끌어요. — 195

하지만 쇠는 안 끄네요, 내 심장은

강철같이 진실한데. 끄는 힘을 버리면

당신 쫓는 내 힘도 없어질 거예요.

드미트리우스　내가 너를 유혹해? 살갑게 말을 해?

그보다는 오히려 너를 사랑하지도 200

할 수도 없다고 명백하게 말하잖아?

헬레나　　　바로 그 때문에 더욱더 사랑해요.

난 당신 애완견이에요, 그래서 드미트리우스,

당신이 때리면 때릴수록 아첨할 거예요.

애완견 다루듯이 나를 차고 때리고 205

무시하고 버리세요. 하지만 당신을 따르게

그럴 가치 없더라도, 허락만 해 줘요.

당신의 개 다루듯 날 다뤄 달라는 것보다

(내게는 그것도 존귀한 처지이긴 하지만)

더 나쁜 처지를 내가 어찌 구걸해요? 210

드미트리우스　내 마음의 증오심을 너무 부추기지 마,

31

	너를 보기만 해도 구역질이 나니까.	
헬레나	나는 당신 못 보면 구역질이 나는데.	
드미트리우스	당신은 당신의 정숙함을 너무 크게	
	훼손하고 있어요. 도시를 떠나서	215
	사랑 않는 사람 손에 자신을 내맡기고	
	당신의 처녀성이라는 값비싼 물건을	
	야밤의 기회와 인적 없는 장소의	
	나쁜 꾐을 믿고서 넘기다니 말이오.	
헬레나	당신의 미덕이 내 특권이에요. 그 때문에	220
	당신 얼굴 볼 때면 밤이 아니랍니다.	
	그래서 난 어둠 속에 있단 생각 안 들고	
	이 숲속에 세상 만물 없지도 않아요,	
	내 보기엔 당신이 온 세상이니까.	
	그렇다면 어떻게 나 혼자라 할 수 있죠,	225
	온 세상이 여기서 나를 보고 있는데?	
드미트리우스	난 도망칠 거고 덤불 속에 숨은 다음	
	야수들의 처분에 널 맡겨 둘 거야.	
헬레나	최악의 야수라도 마음은 당신 같지 않아요.	
	마음대로 달아나요, 얘기가 바뀔 테니.	230
	아폴로가 도망가고 다프네가 추적하며	
	비둘기가 그리핀 뒤쫓고 온순한 암사슴이	
	호랑이 잡으려 속력을 낸다고요 ─ 헛속력을,	
	겁보가 뒤쫓고 용사가 줄행랑을 치니까!	
드미트리우스	질문받고 있지는 않을 테야. 가게 해 줘.	235

231행 아폴로 … 다프네
그리스 신화에서 아폴로는 다프네를
사랑하여 뒤쫓지만 그녀는 붙잡힐 순간에
아버지인 강의 신의 도움으로 월계수로

변신한다.
232행 그리핀
독수리의 머리와 날개에 사자의 몸통을
가진 전설상의 괴물.

한여름 밤의 꿈

만약 나를 따라오면 숲속에서 너에게
못된 짓을 할 테니까 날 믿지 말라고.

헬레나 그래요, 신전에서 도시에서 들판에서
못된 짓을 했어요. 아이참, 드미트리우스!
당신의 잘못은 여성을 정말로 욕보여요.   240
우리는 남자처럼 사랑 놓고 못 싸워요.
구애를 받아야지 하라고 만든 게 아니에요.

(드미트리우스 퇴장)

뒤따를 거예요, 그래서 너무나 사랑하는
그 손에 죽어서 지옥을 천국 만들 거예요.   (퇴장)

오베론 잘 가라, 요정아. 그가 숲을 뜨기 전에   245
도망은 네가 치고 사랑은 그가 구할 것이다.

(퍽 등장.)

그 꽃을 가져왔어? 어서 와, 떠돌이야.

퍽   예, 여있어요.

오베론   이리 좀 줘 봐라.
난 야생의 백리향이 활짝 피고 앵초와
머리 숙인 제비꽃이 자라며, 해당화,   250
향기로운 사향 장미, 감미로운 인동으로
완전히 뒤덮인 언덕을 알고 있어.
거기서 티타니아는 꽃들에 파묻혀
춤과 기쁨, 자장가로 밤중에 잠든단다.
그곳에서 큰 뱀은 칠보 허물 벗는데   255
그 넓이가 요정 하나 감쌀 정도 될 거야.
그럼 난 이 즙으로 그녀 눈을 문질러
혐오스러운 환상들이 가득 차게 만들 테다.
너도 조금 가지고 이 숲속을 뒤져 봐라.
아테네 아가씨 하나가 경멸에 찬 청년을   260

사랑하고 있단다. 그의 눈에 칠해 줘라.

하지만 그다음에 그가 알아보는 것이

그 아가씨이도록 해. 남자가 걸친 게

아테네 복장이니 식별할 수 있을 거다.

그녀가 애인을 좋아하는 것보다 남자가 더 265

좋아하게 되도록 조심해서 시행해라.

그리고 첫닭이 울기 전에 날 만나도록 해.

퍽　　걱정하지 마십시오, 주인님, 그리하겠습니다.

(함께 퇴장)

2막 2장

요정 여왕 티타니아, 시종들과 함께 등장.

티타니아　자 이제, 원무 추고 요정 노래 불러라.

그런 다음 삼분의 일 분 뒤에 물러가라.

일부는 사향 장미 봉오리 속 자벌레를 죽이고

일부는 박쥐의 날개 가죽 싸워 뜯어

꼬마 요정 옷 지어라. 또 일부는 밤마다 5

아리따운 우리 요정 궁금하여 소란 떠는

부엉이를 막아라. 자 이제, 노래로 날 재워라.

그런 다음 일들 보고 날 쉬게 해 줘라.

(요정들이 노래한다.)

요정 1　　혓바닥 갈라진 점박이 뱀들과

가시 많은 고슴도치, 숨어라. 10

2막 2장 장소
아테네 근처의 숲.

한여름 밤의 꿈

	도롱뇽 도마뱀아 해코지하지 마라,	
	요정 여왕 근처에 오지 마라.	
합창	필로멜라야, 가락 맞게	
	고운 음의 자장가를 부르자.	
	자장, 자장, 자장가, 자장, 자장, 자장가.	15
	해악은 절대 안 돼,	
	주문이나 마법도	
	고운 마마 근처엔 오지 마라.	
	그러면 자장가로 주무세요.	
요정 1	실 짜는 거미들아, 예 오지 마.	20
	저리 가, 긴 다리 벌레들아, 저리 가!	
	갑충들아, 이리 다가오지 마,	
	지렁이, 달팽이도 나쁜 짓 하지 마.	
합창	필로멜라야, 가락 맞게…… (티타니아, 잠든다.)	
요정 2	저리 가, 물러나! 다 잘됐어.	25
	하나는 떨어져서 보초 서고.　(요정들 함께 퇴장)	

(오베론 등장, 티타니아의 눈꺼풀에 즙을 짜 넣는다.)

오베론	잠 깼을 때 뭘 보든지 그것을	
	참사랑의 님으로 생각해라.	
	그것을 사랑하고 갈망해라.	
	살쾡이든 고양이든 곰이든	30
	표범이든 억센 털 산돼지든	
	깨났을 때 네 눈앞에 나타나면	
	그게 바로 애인이란 말이다.	
	좀 고약한 것 옆에서 깨어나라.　　(퇴장)	

13행 필로멜라
그리스 신화에 의하면 아테네의 왕 판디온의 딸이었던 필로멜라는 형부인 테레우스에게
강간을 당한 다음 혀를 잘렸고, 나중에는 밤꾀꼬리(나이팅게일)로 변신한다.

(라이샌더와 허미아 등장.)

| 라이샌더 | 자기, 숲속을 헤매느라 허약해 보이네. | 35 |

그런데 사실 난 길을 잃어버렸어.

괜찮다고 생각하면 쉬어 가자, 허미아,

그런 다음 아침의 위안을 기다리자.

허미아　그러자, 라이샌더. 잠자리를 찾아봐,

나는 이 언덕에 머리 대고 쉴 테니까.　　40

라이샌더　잔디 덩이 하나면 둘의 베개 될 거야.

한 마음, 한 침대, 두 가슴에 진실은 하나니까.

허미아　안 돼, 라이샌더. 자기도 날 위해

저만치 가서 누워. 너무 곁에 눕지 말고.

라이샌더　오, 자기, 순수한 내 본심을 알아 줘!　　45

사랑의 대화에선 사랑으로 뜻을 알아.

내 마음은 자기 것과 엮어져 있으니까

한 마음이 될 수밖에 없다는 뜻이야.

두 가슴이 한 맹세로 묶여 있으니까

가슴은 둘이지만 진실은 단 하나야.　　50

그렇다면 자기 곁에 내 잠자리 허락해 줘,

그렇게 자는 건, 허미아, 자는 게 아니니까.

허미아　라이샌더는 수수께끼 참 귀엽게 말하네.

라이샌더 얘기를 자자는 뜻으로 들었다면

허미아의 품행과 자존심은 욕먹어도 쌀 거야.　　55

하지만 자기야, 사랑과 예절 때문에라도

저만치 누워서 자, 점잖게 말이야.

정숙한 처녀와 총각에게 어울린다,

그렇게 말하는 게 당연한 거리만큼

떨어져 줘. 그런 다음 친구야, 잘 자.　　60

네 생명 다하도록 사랑 변치 말기를!

라이샌더	그럼, 그럼, 아름다운 그 기도가 맞고말고.
	내 마음 변할 때 내 생명도 끝나리라!
	이게 내 침대야. 잠의 휴식 다 네게 오기를!
허미아	그 소원의 절반으로 너도 편히 잠들기를!

그 소원의 절반으로 너도 편히 잠들기를!   65

(둘은 잠든다.)

(퍽 등장.)

퍽   숲속을 샅샅이 뒤졌으나
아테네 사람은 못 찾겠네,
사랑을 일으키는 이 꽃 힘을
그 눈에 시험하고 싶은데.
조용한 밤중에 — 이 누구야?   70
아테네 복장을 하고 있군.
주인님 말씀으론 이자가
이 아테네 처녀를 경멸했어.
그래서 처녀는 차갑고 더러운
이쪽 땅에 깊이 잠들었구먼.   75
예쁜 것, 무정하고 예절 없는
이자 곁엔 안 눕는다 했었군.
촌놈아, 마법 꽃의 온 힘을
네 눈에 몰아넣어 주겠다.
깨어나면 너는 사랑 때문에   80
한순간도 눈 못 붙일 것이다.
그러니까 나 떠난 뒤 깨어나라,
난 이제 오베론께 가 봐야 하니까.   (퇴장)

(드미트리우스와 헬레나 뛰면서 등장.)

| 헬레나 | 날 죽여도 좋으니 멈춰요, 드미트리우스. |
| 드미트리우스 | 명령이야, 저리 가, 달라붙지 말라고. |

명령이야, 저리 가, 달라붙지 말라고.   85

| 헬레나 | 오, 어둠 속에 날 버려요? 그럭하지 마세요. |

37

| 드미트리우스 | 멈춰, 위험을 각오해. 난 혼자 갈 거야. (퇴장) |

| 헬레나 | 오, 어리석게 뒤쫓느라 숨차서 죽겠네! |

내가 빌면 빌수록 품위가 더 없어져.

어디에 누워 있든 허미아는 복도 많지, 90

축복받고 매력적인 눈을 가졌으니까.

걔 눈은 왜 그리 빛날까? 짠물로는 아니야,

내 눈이 걔 눈보다 더 자주 씻기니까.

아냐, 그건 아냐. 난 곰처럼 못생겼어,

짐승들도 날 만나면 겁나서 내빼니까. 95

그러니까 드미트리우스가 저렇게

괴물 본 듯 도망가도 놀랄 것 하나 없지.

내 거울 어느 것이 사악하게 날 속이고

허미아의 별 같은 두 눈과 비교해 보랬지?

근데 이 누구야? 라이샌더가 땅바닥에? 100

죽었나, 잠자나? 피도 없고 상처도 없잖아.

이봐요 라이샌더, 살았으면 일어나요!

| 라이샌더 | (깨어나며) 그리고 소중한 그대 위해 불에 뛰어들리라! |

투명한 헬레나여, 조물주의 기술로

그 가슴속 심장을 내가 볼 수 있군요. 105

드미트리우스 어딨소? 오, 비천한 그 이름은

내 칼날에 사라지기 딱 좋은 말 아닌가!

| 헬레나 | 그런 말 마세요, 라이샌더, 말라고요. |

그이가 허미아 사랑하면 어때서요? 참, 어때서!

허미아의 당신 사랑 영원하니 만족해요. 110

| 라이샌더 | 허미아에 만족을? 아뇨. 그녀와 함께 보낸 |

지겨운 순간들을 후회하는 바입니다.

허미아가 아니라 헬레나를 사랑하오.

그 누가 까마귀를 비둘기와 안 바꿔요?

한여름 밤의 꿈

인간의 욕망은 이성이 지배하고 그 이성은   115
당신이 더 훌륭한 처녀라고 말한다오.
자라는 것들은 때가 와야 익는 법,
어린 나는 지금까지 이성이 덜 익었소.
근데 이젠 식별력이 정점에 도달하여
이성이 내 욕망의 안내인이 된 다음   120
당신의 눈으로 날 인도하였고 난 거기서
가장 귀한 사랑책의 사랑 역사 읽는다오.

헬레나　　이렇게 심한 조롱받는 게 내 팔자인가요?
이런 멸시받을 일을 당신에게 했던가요?
그만하면 됐잖아요, 그만하면 됐잖아요,   125
내가 드미트리우스의 따뜻한 눈길을
한 번도 못 받고 또 받을 수도 없단 걸로?
그래도 내 무력함을 비웃어야 하겠어요?
그렇게 경멸 조로 나에게 구애하면
정말이지 잘못하는 거예요, 정말로요.   130
하지만 잘 있어요. 부득이 고백하면
난 당신을 더 진실된 신사로 생각했답니다.
오, 한 숙녀가 한 남자의 거절을 받았다고
또 한 명의 남자에게 모욕을 당하다니!　　(퇴장)

라이샌더　　그녀는 허미아를 못 봤어. 허미아, 거기서 자,   135
라이샌더 곁에는 절대로 오지 말고!
왜냐하면 극도로 단 것들을 과식하면
극도의 혐오감이 위장에서 생겨나듯
아니면 사람들이 이단 주장 버릴 때
그것에 속았던 이들이 가장 많이 미워하듯   140
나의 과식, 나의 이단인 너는 모두의 미움을
그러나 가장 크게 내 미움을 살 테니까!

	그리고 난 전력을 다하여 헬렌을 공경하고
	그녀 기사 되는 데 사랑, 실력, 다 바치리. (퇴장)
허미아	(놀라며) 살려 줘, 라이샌더, 살려 줘! 최선을 다하여 145
	내 가슴 위에 있는 이 뱀을 떼어 내 줘!
	아, 불쌍해서 어쩌나! 이게 무슨 꿈이야!
	라이샌더, 무서워 떨고 있는 나를 좀 봐.
	내 생각에 뱀이 내 심장을 파먹고 있는데
	너는 그 잔인한 포식에 웃고 앉아 있었어. 150
	라이샌더! 뭐야, 떠났어? 라이샌더 님!
	뭐, 안 들리는 데로 갔어? 소리도 말도 없어?
	아이참, 어딨어요? 들리면 말해 봐요.
	참사랑 다 걸고 말해요! 무서워 기절할 참이네.
	없나? 그럼, 근처엔 없다는 걸 잘 알았고 155
	죽음이든 당신이든 곧장 찾을 거예요. (퇴장)

(티타니아는 여전히 누워 잠잔다.)

3막 1장

티타니아는 계속 누워 잠잔다.
퀸스, 보텀, 스넉, 플루트, 스나우트 및
스타블링 등장.

보텀	다 모였어?
퀸스	그럼, 그럼. 근데 여기에 우리가 연습하기 기막히게
	좋은 장소가 있구먼. 이 푸른 풀밭은 우리의 무대,

이 산사나무 덤불은 우리의 의상실이 될 거야. 그리
고 우리는 공작님 앞에서 하듯이 행동으로 해 볼 거야.　5

보텀　퀸스 형!

퀸스　왜 그러나, 보텀 대장?

보텀　이 피라무스와 티스베의 코미디에는 절대로 즐겁지
못한 일들이 있어. 첫째, 피라무스는 자살하려고 칼
을 뽑아야만 하는데 그건 숙녀들이 못 참아 줄 거　10
야. 이 문제를 어쩔 테야?

스나우트　어이쿠, 엄청 겁나네.

스타블링　아무튼 죽는 건 빼 버려야 된다고 생각해.

보텀　천만의 말씀! 다 잘되게 할 방법이 내게 있어. 머리
말을 하나 쓰라고, 그리고 그 머리말에서 우리가 칼　15
을 가지고 아무런 해도 입히지 않을 것 같다고 말해.
또 피라무스는 진짜 죽는 게 아니라는 말도 하고.
그리고 좀 더 크게 확신을 주려면 나 피라무스는 피
라무스가 아니고 베틀장이 보텀이라고 말해 줘. 그
걸로 무서움은 없어질 거야.　20

퀸스　좋아, 그런 머리말을 하나 붙이지. 근데 그건 팔육
조로 쓸 거야.

보텀　아니. 둘을 더 늘려서 팔팔조로 쓰지그래.

스나우트　숙녀들이 사자를 두려워하지는 않을까?

스타블링　그럴 것 같아, 틀림없어.　25

보텀　여러분, 좀 곰곰이 생각들 해 봐요. 숙녀들 가운데
로 사자를 데려온다는 건 (하느님 맙소사!) 최고로
무시무시한 일이란 말씀이야. 이른바 살아 있는 사자
보다 더 무서운 날짐승은 없으니까. 우린 그 점에 신
경을 써야 해.　30

스나우트　그러니까 또 하나의 머리말로 그 사람은 사자가

아니라고 해야겠네.

보텀   아니, 그의 이름을 말해야지, 그리고 얼굴의 반은
       사자의 목 밖으로 보여야만 되겠지. 그리고 거기를
       통해 이렇게, 또는 이 같은 치지로 말해야 되겠지. 35
       '숙녀들이시여' 또는 '고운 숙녀들이시여, 바라옵건
       대' 또는 '요청하옵건대' 또는 '간청하옵건대 무서
       워 말고 떨지 마십시오, 제 목숨을 걸지요. 제가 이
       곳에 사자로 나왔다고 생각하신다면 제 목숨이 불
       쌍하죠. 아뇨! 전 그런 게 아닙니다. 저도 다른 사람 40
       들과 같은 사람입니다.' 그리고 바로 거기에서 자기
       이름을 말하고 자기는 땜장이 스나우트라는 걸 분
       명히 얘기하라고 해.

퀸스   좋아, 그렇게 하지. 하지만 두 가지 어려운 일이 있
       는데, 즉 방 안으로 달빛을 들여오는 거야, 알다시피 45
       피라무스와 티스베는 달밤에 만나니까.

스나우트   우리가 연극을 하는 그날 밤에 달이 뜨나?

보텀   달력, 달력! 연감을 들여다봐. 달빛을 찾아봐, 달빛
       을 찾아보라고!

퀸스   됐어, 그날 밤에 달이 비치는구먼.   50

보텀   그렇다면 우리가 연극하는 큰 방의 창틀을 열어 놓
       으면 되겠네. 그러면 달빛이 창틀 안으로 비칠 수 있
       을 테니까.

퀸스   맞아. 안 그러면 누가 가시덤불과 초롱 하나를 가지
       고 들어와서 자기가 달빛이라는 인물을 들어내려고 55
       또는 나타내려고 왔다고 말해야 되겠지. 그다음 일
       이 또 하나 있는데, 큰 방 안에 벽이 있어야 해. 피라

35행 치지
'취지'가 맞는 말이다.

무스와 티스베는 (얘기에 의하면) 벽의 틈새를 통해
대화를 나눴다고 하니까.

스나우트   벽은 절대 못 가지고 들어가잖아. 보텀, 어떻게 할   60
거야?

보텀   어느 누구 하나가 벽을 나타내야만 되겠지. 몸에 회
반죽이나 찰흙이나 초벌칠을 두르고 벽을 표현하도
록 하란 말이야. 아니면 손가락을 이렇게 벌리고 있
으라고 해, 그러면 그 찢어진 틈으로 피라무스와 티   65
스베가 속삭일 거야.

퀸스   그렇게만 된다면 다 잘될 거야. 자, 너 나 할 것 없이
앉아서 각자의 역할을 연습해 보자고. 피라무스, 자
네가 시작해. 대사를 다 말하고 나거든 저 덤불 속
으로 들어가. 그리고 나머지는 각자의 신호를 따르   70
도록 하고.

(뒤에서 퍽 등장.)

퍽   요정 여왕 요람 침대 이렇게 가까이서
어떤 천한 촌놈들이 활개를 치고 있지?
아니, 연극이 있다고? 들어나 봐야지,
이유가 있으면 배우도 될 수 있고.   75

퀸스   피라무스, 시작해. 티스베, 이리 나와.

보텀   '티스베, 아름다운 악취 나는 꽃들은'―

퀸스   향취야, 향취!

보텀   ― '향취 나는 꽃들은
그대 숨결 같아요, 귀여운 티스베 귀염둥이.
그런데 목소리다! 잠시만 여기에 머물러요,   80
그럼 난 그대에게 곧 나타나리다.'   (퇴장)

55행 들어내려고
'드러내려고'가 맞는 말이다.

퍽	정말로 이상한 피라무스가 놀고 있네!　　　(퇴장)
플루트	대사를 지금 해야 돼요?
퀸스	암, 그래야 하고말고. 그는 자기가 들은 소리를 보러
	나갔을 뿐이고 다시 돌아올 거라는 사실을 알아야지.　95
플루트	'가장 밝은 피라무스, 가장 흰 백합꽃 빛,
	색깔은 찬란한 넝쿨 위의 붉은 장미 같은데
	가장 힘찬 청춘에다 가장 멋진 청개구리,
	절대로 안 지치는 진실한 말처럼 진실되게
	니나노 왕릉에서 내 그대 피라무스 만나리.'　　90
퀸스	이봐, 니누스 왕릉이야! 아니, 그 대사는 아직 해선
	안 돼. 그걸로 피라무스에게 답해야지. 자넨 맡은
	역의 대사를 모조리, 신호까지 합쳐서 하고 있어.
	피라무스, 등장해! 자네 신호는 지났어. '절대로 안
	지치는' 그거야.　　95
플루트	오.—'절대로 안 지치는 진실한 말처럼 진실되게.'
	(퍽과 나귀 머리를 한 보텀 등장.)
보텀	'내 비록 고와도, 티스베, 그대 것일 뿐이오.'
퀸스	오, 괴물이다! 오, 이상해! 우리에게 귀신이 붙었어.
	이보게들, 제발, 도망쳐, 이보게들! 살려 줘요!
	(퀸스, 스넉, 플루트, 스나우트, 스타블링 함께 퇴장)
퍽	너희를 따라가서 한 바퀴 돌릴 테다!　　100
	습지 넘어 덤불 넘어 수풀 넘어 넝쿨 넘어
	때로는 말이 되고 때로는 사냥개
	돼지나 목 없는 곰, 때로는 불이 되어

88행 청개구리
의미와 상관없이 두운과 각운을 맞추기
위해 급조된 원문처럼 번역에서도 '청춘'의
'청'자에 의해 연상될 수 있는 엉뚱한 말로
옮겼다.

90행 니나노 왕릉
니네베의 전설적인 창건자인 니누스의
왕릉을 이렇게 잘못 외웠다.

말, 사냥개, 돼지, 곰, 불처럼 곳곳에서

히히힝, 컹컹, 꿀꿀, 으르렁대거나 태울 테다.   105

보텀   왜 달아나는 거지? 이건 날 겁주려고 벌이는 짓궂은

존장난이야.

(스나우트 등장.)

스나우트 오, 보텀, 넌 변했어! 머리 위에 보이는 그게 뭐야?

보텀   보이는 게 뭐냐고? 바보 같은 당신의 나귀 머리가

보이겠지, 안 그래요?   (스나우트 퇴장) 110

(퀸스 등장.)

퀸스   맙소사, 보텀, 맙소사! 자네 모습이 바뀌었어. (퇴장)

보텀   무슨 장난인지 알았다. 이건 날 바보로 만들고 놀래

려는 거야, 그럴할 수 있다면. 하지만 난 그들이 어떡

하든 이곳에서 꿈쩍도 않을 거야. 난 여기서 이리저

리 거닐면서 노래할 거야, 그러면 내가 겁먹지 않았 115

다는 걸 알아듣겠지.

'몹시 검은 색깔의 수지빠귀

굴 갈색의 부리 있고

몹시 참된 노래하는 티티새,

목 짧은 굴뚝새 —   120

티타니아 (깨면서) 웬 천사가 꽃 침대에 누운 나를 깨우실까?

보텀   (노래한다.)

'피리새, 참새와 종달새,

쉬운 노래 부르는 재 뻐꾸기,

뭇 남자들 그 가락은 잘 알지만

아니라고 감히 대꾸 못 하지. —   125

124~125행 남자들 ... 하지

뻐꾸기 울음소리(cuckoo)와 오쟁이 진 남자(cuckold)의 발음이 비슷한 데서 유래한
농담을 염두에 두고 하는 말.

왜냐하면 사실 누가 그렇게 멍청한 새와 머리싸움
을 하겠어? 뻐꾸기가 '뺏겼다'고 아무리 떠들어 댄
다 한들 누가 새한테 거짓말이야, 그러겠어?

티타니아   고상한 인간이여, 다시 한번 노래해요.
내 귀는 당신의 가락에 쏙 반했고   130
눈 또한 당신의 형상에 사로잡혔으며
당신의 아름다운 미덕은 나에게 강제로
첫눈에 사랑을 말하고 맹세케 한답니다.

보텀   제 생각에 부인께서는 그러실 이유가 없는 것 같은
데요. 그래도 사실을 말하면 사랑과 이성은 요즈음   135
거의 자리를 같이하지 않는답니다. 더욱 유감인 건
정직한 이웃들이 그들을 친구로 만들어 주지 않는
다는 거지요. 그렇지, 나도 때로는 뼈 있는 농담을
할 수 있어.

티타니아   당신은 아름다운 만큼이나 현명해요.   140

보텀   둘 다 아닌데요. 하지만 이 숲을 빠져나가기에 충분
한 기지만 있다면 제 소용에 닿을 만큼 충분하겠습
니다.

티타니아   이 숲에서 나가기를 바라지 마세요,
원하든 원치 않든 여기 남게 될 테니까.   145
난 보통의 평가받는 정령이 아니에요.
여름은 항상 나를 수행하며 시중들고
난 정말 당신을 사랑해요, 그러니 함께 가요.
당신께 시중들 요정들을 드릴게요.
그들은 깊은 바닷속에서 보석을 가져오고   150
당신이 꽃잎 깔고 잠잘 때 노래할 거예요.
난 당신의 조잡한 육신을 정화하여
공중의 정령처럼 움직이게 할 거예요.

한여름 밤의 꿈

완두꽃! 거미줄! 티끌과 겨자씨야!

(네 요정, 완두꽃, 거미줄, 티끌, 겨자씨 등장.)

완두꽃   여기요.

거미줄   저도.

티끌   저도.

겨자씨   저도요.

모두   어디로 갈까요?   155

티타니아   친절하고 정중하게 이 어른을 모셔라.

걸으실 땐 깡충 뛰고 눈앞에선 팔딱 뛰며

살구와 나무딸기, 자주색 포도와

초록색 무화과와 오디를 따 드려라.

땅벌들의 꿀 주머니 빼앗아 올 것이며   160

밀랍 오른 그 허벅지 긁어내어 초 만들고

타오르는 개똥벌레 눈으로 불 밝혀라,

내 님이 취침과 기상을 하시도록.

그리고 채색된 나비 날개 뜯어내어

잠든 님의 눈 속 달빛 부채질로 쓸어 내라.   165

얘들아, 이분께 고개 숙여 예의를 표해라.

완두꽃   인간님께 경례!

거미줄   경례!

티끌   경례!

겨자씨   경례!   170

보텀   여러분의 용서를 빕니다, 진심으로. 귀하의 이름을
간청드립니다.

거미줄   거미줄이에요.

보텀   당신과 친분이 좀 더 두터워지기를 바랍니다, 거미
줄 양반. 내가 손가락을 잘랐을 때 감히 당신을 쓰   175
겠습니다. 신사분, 당신의 이름은?

47

완두꽃   완두꽃이요.

보텀   당신 어머니 완두 아주머니와 당신 아버지 완두 아
저씨께 부디 안부 좀 전해 주시기 바랍니다. 완두꽃
양반, 당신과도 친분이 좀 더 두터워지기를 바랍니   180
다. 저, 간청컨대 당신의 이름은?

겨자씨   겨자씨랍니다.

보텀   겨자씨 양반, 난 당신의 참을성을 잘 알고 있답니다.
저 비겁한 거인 같은 수소 고기가 당신 집안의 수많
은 신사분들을 삼켰어요. 단언컨대 당신 친척들은   185
전에 내 눈에 눈물이 흐르게 했답니다. 당신과도 좀
더 친분이 두터워지기를 바랍니다, 겨자씨 양반.

티타니아   자, 시중을 들면서 내 정자로 모셔라.
달님은 물기 어린 눈으로 보는 것 같구나.
그녀가 울 때면 작은 꽃들 모두가   190
강탈당한 순결을 슬퍼하며 운단다.
내 님의 혀를 묶고 조용히 모셔 가라.   (함께 퇴장)

3막 2장

요정의 왕 오베론 등장.

오베론   티타니아가 잠에서 깨났는지 궁금하군.
그러면 그녀 눈에 맨 처음 들어와
극도로 그녀를 혹하게 만든 게 뭐였을까?
(퍽 등장.)

3막 2장 장소
아테네 근처의 숲.

한여름 밤의 꿈

48

심부름꾼 왔구나. 미친 것아, 잘 지냈어?

귀신 많은 이 수풀에 무슨 밤일이라도?   5

퍽 여왕께선 괴물과 사랑에 빠졌어요.

그녀가 나른하게 잠자는 시간에

신성하고 은밀한 그녀의 휴식처 가까이

아테네 상가에서 밥 벌어 먹고사는

상놈들; 조잡한 장인들 한 무리가   10

위대한 테세우스 혼인날을 염두에 둔

연극을 연습하러 같이 모였답니다.

그 우둔한 부류에서 가장 얕은 얼간이가

그네들 놀이에서 피라무스를 맡았는데

무대를 떠나서 덤불로 들어갔죠.   15

그때 제가 유리한 기회를 잡았어요.

머리 위에 나귀상을 얹어 줬단 말입니다.

그는 곧 티스베에 화답해야 했기에

저의 가짜 배우가 앞으로 나왔죠. 놈들은

기어오는 포수를 본 야생 거위 떼처럼   20

아니면 붉은 머리 까마귀 무리가

(총성이 울렸을 때 깍깍대며 날아올라)

서로들 흩어지며 맹렬히 하늘 휩쓸 때처럼

그자를 보자마자 동료들은 도망쳤고

그루터기에 걸려서 연거푸 넘어지며   25

'살인이야' 외치고 아테네의 도움을 구했어요.

감각이 확 약해지고 확 겁먹고 길을 잃자

무생물이 놈들에게 해코지를 시작했죠,

찔레와 참가시가 의복을 낚아챘으니까요.

소매든 모자든 내놓으면 다 뺏겼죠.   30

전 이렇게 겁먹고 산란해진 그들을 내몰고

	멋진 피라무스는 바뀐 채 거기다 뒀는데	
	티타니아가 그 순간 잠에서 깨어나	
	곧바로 나귀를 사랑하게 되셨지 뭡니까.	

오베론   이건 내 궁리보다 일이 더 잘 풀렸다.   35
          그런데 미약을 아테네 사람 눈에
          내가 명령한 대로 떨어뜨려 주었느냐?

퍽   자는 그를 덮쳤지요 — 그 일도 끝냈어요. —
          아테네 여인을 곁에 두고. 그래서 깼을 때
          그녀를 볼 수밖에 없도록 해 놨어요.   40

          (드미트리우스와 허미아 등장.)

오베론   몸을 감춰. 이게 그 아테네 사람이야.

퍽   여자는 맞는데 남자는 아니군요.

드미트리우스 오, 이토록 당신 사랑하는데 왜 그렇게 질책해?
          그렇게 독한 말은 지독한 적에게나 해야지.

허미아   난 지금 꾸짖지만 더 나쁜 대접을 해야겠어.   45
          저주할 근거가 있는 것 같으니까.
          잠자는 라이샌더를 네가 죽인 거라면
          피 맛을 봤으니까 깊이 들이마시고
          어디 나도 죽여 봐.
          태양이 낮에게 아무리 충실해도 날 위하는   50
          그 사람만 못하지. 허미아가 자는데
          그가 달아난다고? 그 말을 믿느니 차라리
          지구에 구멍이 뻥 뚫리고 달이 그 중심을
          기어서 빠져나가 정반대편 주민들 사이에서
          태양의 낮 기운을 해칠 수 있다고 믿겠어.   55
          그를 죽인 사람은 너밖에 달리 없어.
          꼭 살인자 모습이지, 죽은 듯이 섬뜩해.

드미트리우스 꼭 피살자 모습이지, 꼭 나처럼 말이야,

당신의 잔혹성에 심장이 꿰뚫렸으니까.

그런데 살인자 당신은 저 건너 샛별처럼 60

희미한 궤도에서 밝고 또 맑아 보여.

허미아 이게 라이샌더와 무슨 상관 있는데? 어딨어?

아, 착한 드미트리우스, 그를 내게 줄 테야?

드미트리우스 차라리 그 시체를 내 개에게 주겠어.

허미아 꺼져라, 이 개자식! 넌 내가 처녀의 인내심, 65

그 한계를 넘게 했어. 그럼 그를 죽였어?

지금부터 절대로 인간 취급 못 받아라!

오, 한 번만 진실을 말해 줘, 날 위해서라도!

깨어 있는 그를 감히 쳐다만 보다가

잠잘 때 죽였어? 오, 위업을 이뤘도다! 70

뱀이나 독사라도 그만큼은 하잖아?

독사가 그랬어! 너, 두 혓바닥 가진 뱀,

너보다 더 잘 무는 독사는 없었을 테니까!

드미트리우스 엉뚱하게 화내면서 격정을 토하는군.

라이샌더의 살육에 난 아무런 죄가 없고 75

그는 내가 알기로 죽지도 않았어.

허미아 그렇다면 제발 그가 잘 있다고 말해 줘.

드미트리우스 그럭하면 그 대가로 내가 뭘 얻는데?

허미아 절대 나를 더는 보지 않는다는 특권이야.

그래서 난 이렇게 미운 너를 떠날 테니 80

그이가 죽었든 살았든 다신 날 보지 마.   (퇴장)

드미트리우스 저렇게 심기가 사나울 때 따라갈 일 없어.

그러니까 잠시 여기 머물러 있어야지.

근데 잠이 파산하여 슬픔에게 진 빚으로

72행 두 혓바닥

이렇게 말했다가 저렇게 말하는 사기꾼의 상징.

51

슬픔의 무게는 점점 더 무거워지는구나.

내가 만약 여기에서 잠이 오길 기다리면

그 빚이 약간은 가벼워질 것이다.

(그는 누워서 잠들고 오베론과 퍽은 앞으로 나온다.)

오베론   어떻게 한 거야? 아주 잘못 생각하고

참사랑의 시야에 미약을 바르다니.

너의 오인 때문에 거짓 사랑 안 바뀌고   90

참사랑이 바뀔 일이 반드시 따를 거다.

퍽   그럼 운이 지배하여 한 사람만 진실되고

백만은 엇나가 모든 맹세 다 깨겠죠.

오베론   바람보다 더 빨리 숲속으로 가 보아라.

그리고 아테네의 헬레나를 찾아내라.   95

상사병에 걸린 그녀, 신선한 피 다 빼앗는

사랑의 한숨으로 창백하게 변했단다.

환영을 이용하여 이리 데려오너라.

그에 대비, 나는 이 눈에다 마법을 걸겠다.

퍽   가요, 가요, 이렇게 간다고요,   100

타타르인 활 떠난 화살보다 더 빠르게.   (퇴장)

오베론   (드미트리우스의 눈꺼풀에 꽃 즙을 짜 바르며)

큐피드의 화살 맞은

자주색 꽃이여,

이 눈동자 적시어라.

그가 님을 보게 되면   105

그녀는 저 하늘 샛별처럼

찬란하게 빛나리라.

깼을 때 님이 곁에 있거든

101행 타타르인

달단 또는 돌궐족으로 이들의 세 겹으로 만들어진 활은 영국 활보다 더 강력했다. (아든)

한여름 밤의 꿈

그녀에게 개선책을 구해라.

(퍽 등장.)

퍽 요정들의 대장님,　　　　　　　　　　　　　110

헬레나가 예 왔어요.

제가 잘못 보았던 그 청년도

사랑 보답 간청하며 왔고요.

어리석은 그들 놀음 좀 볼까요?

허, 이 바보 인간들 같으니!　　　　　　　115

오베론 물러서라. 그들이 소릴 내면

드미트리우스가 깨게 된다.

퍽 그럼 곧 둘이 함께 구애하고

그것만도 오락감이 틀림없죠.

제가 가장 즐거워하는 일은　　　　　　　120

뒤죽박죽 뒤섞이는 거랍니다.

(그들은 물러선다.)

(라이샌더와 헬레나 등장.)

라이샌더 내가 왜 경멸 조로 구애한다 생각하죠?

경멸과 조소에는 눈물이란 없답니다.

보세요, 맹세할 때 우는 걸. 이러한 맹세는

출발부터 모든 것이 진실임을 드러내요.　　125

이것이 어째서 경멸처럼 보이지요,

진실임을 입증하는 휘장을 달았는데?

헬레나 당신의 교활함은 도를 더해 가는군요.

진실로 진실을 죽이는, 오, 악마의 성전이여!

이 맹세는 허미아의 것인데 그녀를 버려요?　130

두 서약을 달아 보면 당신 무게 달아나요.

그녀와 내게 한 맹세를 두 접시에 올리면

무게는 같을 거고 농담처럼 가벼워요.

라이샌더	판단력도 없이 난 그녀에게 맹세했소.	
헬레나	그녀를 버리는 지금도 없다고 생각해요.	135
라이샌더	드미트리우스는 당신 아닌 그녀를 사랑하오.	
드미트리우스	(깨면서) 오, 헬렌, 여신, 요정이여, 완벽하고 거룩하오!	

드미트리우스 그대 눈을 내 님이여, 어디다 비할까요?

수정은 탁하다오. 오, 그대의 완숙한 두 입술,

입 맞추는 두 버찌는 어찌나 탐나는지!　　　　　140

동풍에 실려와 토러스 높은 산에 얼어붙은

맑고 흰 눈조차 그대가 손을 들면

까마귀로 변한다오. 오, 입 맞추게 해 주시오,

이 순백의 공주에게, 이 지복의 증표에게!

헬레나　오, 이 분통! 오, 이 지옥! 같이 웃고 즐기자고　　145

나를 공격하기로 작심을 했군요.

당신들이 공손하고 예절을 안다면

이토록 큰 상처를 내게 주진 않을 테죠.

미워하면 그만이지, 그런 줄 알지만,

합심하여 놀리기도 해야만 되겠어요?　　　　　150

당신들이 남자라면, 남자처럼 보이니까,

진심으로 날 미워하는 게 분명한데

서약하고 맹세하고 내 자질을 극찬하는

이런 식의 대접을 숙녀에게 않을 테죠.

당신들은 연적이며 허미아를 사랑해요.　　　　155

근데 이젠 연적 되어 헬레나를 놀리네요.

눈부신 위업이고 남자다운 일이군요,

당신들의 조소로 불쌍한 처녀 눈에

눈물 나게 하다니! 고귀한 성품이면

141행 토러스
터키 남부의 산맥. 최고봉 3,737미터.

	오로지 장난 삼아 한 처녀를 이토록 괴롭히고	160
	인내심을 강탈하진 않았을 거예요.	
라이샌더	불친절하구나, 드미트리우스, 그러지 마.	
	넌 허미아 사랑해, 내가 그걸 아는 줄 알잖아.	
	여기에서 내 모든 호의와 진심 다해	
	허미아의 사랑에서 내 몫을 양도할게.	165
	그러니 헬레나의 네 몫을 나에게 물려줘.	
	난 정말 그녀를 사랑해, 죽음이 올 때까지.	
헬레나	조롱꾼들 헛소리가 절정에 이르렀네.	
드미트리우스	라이샌더, 허미아는 네가 가져, 난 안 해.	
	사랑한 적 있었대도 그 사랑은 다 떠났어.	170
	내 마음은 그녀에게 손님처럼 머물렀고	
	이제는 헬렌이란 고향으로 되돌아와	
	거기에 머물 거야.	
라이샌더	헬렌, 그렇지 않아요.	
드미트리우스	알지도 못하는 믿음을 헐뜯지 마,	
	위험하게 비싼 대가 치르지 않으려면.	175
	네 사랑이 오는군. 저쪽이 네 애인이야.	

(허미아 등장.)

허미아	눈의 기능 앗아 가는 어두운 밤이면	
	귀가 가진 인지력은 더욱 예민해진다.	
	그래서 밤이 되면 시력은 줄지만	
	그 두 배의 보상을 청력이 받는다.	180
	라이샌더, 널 찾아낸 것은 내 눈이 아니라	
	귀가 나를 고맙게도 네 소리로 데려왔어.	
	하지만 왜 그리도 무정하게 떠났어?	
라이샌더	사랑이 떠미는데 왜 머물러 있어야지?	
허미아	그 어떤 사랑이 라이샌더 떠밀었지?	185

라이샌더	남아 있지 말라는 라이샌더의 사랑이지. —
	아름다운 헬레나! 그대는 저 건너 불타는
	둥근 빛 눈 모두보다 밤을 더 도금하오.
	왜 나를 찾아왔어? 이래도 모르겠어,
	미움을 품었기에 널 그렇게 떠난 것을?	190
허미아	네 생각은 말과 달라, 그럴 리 없다고.
헬레나	저것 봐, 쟤도 이 공모자들 가운데 하나야!
	이제야 알겠다, 셋이 모두 작당하여
	날 골려 먹으려고 거짓 장난 꾸몄어.
	괘씸한 허미아! 고마움을 너무 몰라!	195
	이처럼 더럽게 비웃으며 날 학대하려고
	이들과 모의하고 이들과 궁리했어?
	우리 둘이 나눠 가진 그 모든 비밀과
	여형제의 맹세와, 우리들을 갈라놓는
	발 빠른 시간을 꾸짖으며 같이 보낸	200
	그 많은 시간을 — 오, 다 잊어버렸어?
	학창 시절 우정과 어린 날의 순수함도?
	허미아, 우린 마치 솜씨 좋은 신들처럼
	한 방석에 앉아서 둘이서 한 견본에
	둘이서 한 송이를 두 바늘로 수놓으며	205
	한 가지 음조로 같은 노래 읊조렸어,
	우리 손과 옆구리와 목소리와 마음이
	일체가 된 것처럼. 그렇게 우린 같이 자랐어.
	겹버찌의 모습처럼 갈라진 것 같지만
	갈라진 상태에서 합쳐진 것으로서	210
	한 자루에 맺혀 있는 두 귀여운 열매였어.
	몸은 둘로 보이지만 마음은 하나였지,
	처음엔 둘이지만 하나에게 귀속되고

한 투구로 장식되는 방패의 두 문장처럼.

근데 네가 우리의 옛사랑을 찢어 놓고 215

남자들과 합세하여 불쌍한 친구를 조롱해?

이것은 친구답지, 처녀답지 않은 일로

상처는 나 홀로 느끼지만 나뿐만 아니라

여성들 모두가 이 일로 널 꾸중할 거야.

허미아 네 말이 격렬한 데 참 많이 놀랐다. 220

나는 널 경멸 안 해. 네가 날 경멸하는 것 같아.

헬레나 라이샌더 부추겨서 경멸하듯 날 따라와

내 눈과 얼굴을 칭찬하게 만들지 않았어?

또 방금도 발로 날 걷어찼던 다른 애인

드미트리우스에게 나를 여신이네, 요정이네, 225

거룩하다, 빼어나다, 소중하다, 하늘 같다,

외치게 만들지 않았어? 뭣 때문에 그가 그래,

미워하는 여자에게? 또 라이샌더는 뭣 때문에

마음속의 참 귀중한 네 사랑을 부인하고

나에게 (별꼴이야) 애정을 보이지? 230

네가 그를 부추기고 동의한 게 아니라면?

내가 비록 너만큼 호감도 못 사고

사랑도 안 붙으며 운도 아주 안 좋아서

짝사랑만 하면서 최고로 비참하면 어때서?

넌 그걸 멸시가 아니라 동정을 해야지. 235

허미아 무슨 말을 하는 건지 이해를 못 하겠어.

헬레나 그래! 끝까지 버텨야지. 심각한 모습 하고

내가 등을 돌릴 때면 입을 삐죽거려 봐.

눈짓을 나누고 기분 좋은 장난을 계속해.

이 놀이는 잘하면 역사에 남을 거야. 240

당신들이 동정이나 자비나 예절이 있다면

	나를 이런 놀림감 만들지는 않았겠죠.	
	하지만 잘 있어요. 내 잘못도 있으니까	
	죽음이나 부재로 곧 치유되겠지요.	
라이샌더	가지 마오, 헬레나. 내 변명을 들어 봐요.	245
	내 사랑, 내 생명, 내 영혼, 아름다운 헬레나!	
헬레나	오, 탁월해!	
허미아	자기, 얘를 그리 경멸하지는 마.	
드미트리우스	그녀의 간청이 안 통하면 난 강제할 수 있어.	
라이샌더	그녀의 간청보다 더 강제는 못 하지,	
	네 협박은 그녀의 약한 기도보다도 힘이 없어.	250
	헬렌, 그대를 사랑하오, 목숨 걸고 말이오!	
	아니라고 하는 자의 거짓됨을 밝히고자	
	그대 위해 잃으려는 그것으로 맹세하오.	
드미트리우스	그의 사랑보다는 내 것이 더 커요.	
라이샌더	그렇다면 물러나서 증명까지 해 보시지.	255
드미트리우스	가자, 빨리!	
허미아	라이샌더, 이게 다 웬일이야?	
라이샌더	넌 꺼져, 깜둥이야!	
드미트리우스	아니, 아니, 그는 그냥	
	떨치는 척할 거야 —	
	(라이샌더에게) 따라올 것처럼 떠벌려,	
	하지만 오지 마! 넌 길든 남자야, 그렇지!	
라이샌더	떨어져, 너 고양이, 밤송이야! 비천한 것,	260
	안 놓으면 뱀처럼 내 몸에서 떼어 낸다!	
허미아	왜 이렇게 거칠어졌는데? 이 무슨 변화야,	
	응, 자기?	

253행 그것
자기 목숨.

라이샌더	자기? 꺼져라, 싯누런 타타르인, 꺼져라!
	쓴 약아, 꺼져라! 오, 미운 물약, 저리 가!	265
허미아	농담 아냐?
헬레나	맞아, 농담, 너도 같이 하잖아.
라이샌더	드미트리우스, 네게 했던 약속은 지킬 테다.
드미트리우스	나도 너와 같은 구속 받고 싶어, 네 구속은
	약하단 걸 아니까. 네 말은 못 믿겠어.
라이샌더	뭐, 이 여자를 다치고 때리고 죽여야 해?	270
	미워해도 그렇게 해치진 못하겠어.
허미아	뭐? 미움보다 더 큰 해를 줄 수 있단 말이야?
	날 미워해, 뭣 때문에? 아, 왜 그래, 자기야!
	허미아, 나 아냐? 라이샌더, 너 아니고?
	난 예전에 고왔던 것처럼 지금도 고운데.	275
	간밤에 너는 날 사랑했어. 그런데 간밤에 떠났어.
	아니 그럼, 떠났네. (맙소사, 절대 안 돼!)
	진정이란 말이야?
라이샌더	암, 내 목숨 걸 거야!
	게다가 너를 절대 다시 보고 싶지도 않았어.
	그러니 희망도 의문도 회의도 갖지 마.	280
	확실히 해, 이건 최고 진실이야. 농담 아냐,
	너를 진짜 미워하고 헬레나를 사랑해.
허미아	오 이런, 이 사기꾼, 이 자벌레 같은 것,
	이 사랑의 날강도야! 뭐, 밤중에 나타나
	내 애인의 마음을 훔쳐 갔어?
헬레나	정말로 잘한다!	285
	너에겐 겸손도 처녀다운 수치심도
	수줍음도 전혀 없어? 뭐, 순한 내 입에서
	참지 못해 하는 답을 끌어내야 되겠어?

59

에이, 이 가짜, 꼭두각시 같은 것아!

허미아 '꼭두각시!' 뭐, 그래? 아, 그걸 노렸었구나!   290
이제야 알았다, 얘는 우리 둘 사이의
높이를 비교했어. 자기 키를 역설하고
자신의 신장으로, 드높은 신장으로
그야말로 자기 키로 그이를 얻어 냈어.
내가 너무 꼬마 같고 너무나 작아서   295
그이의 네 평가가 그렇게 높아졌어?
얼마나 작은데, 이 분칠한 장대야? 말해 봐!
얼마나 작은데? 그래도 내 손톱이
네 눈에 닿지 못할 정도로 작진 않아.

헬레나 신사들께 빕니다, 날 놀려 먹더라도 얘가 날   300
못 다치게 말려 줘요. 난 짓궂은 적 없어요.
말괄량이 기질은 조금도 없다고요.
비겁하기 딱 알맞은 처녀란 말입니다.
못 때리게 해 줘요. 얘가 약간 작으니까
내가 얘의 적수가 될 수 있단 생각을   305
할 수도 있겠네요.

허미아   '작다'고? 그 말을 또 듣네.

헬레나 허미아, 나에게 그렇게 적개심 갖지 마.
난 언제나 너를 정말 사랑했어, 허미아,
언제나 네 비밀을 지켰고 해한 적 없는데
다만 드미트리우스를 사랑하기 때문에   310
네가 이 숲으로 도망칠 거라고 말해 줬어.
그는 널 뒤쫓고 난 그를 사랑으로 뒤쫓았어.
하지만 그는 나를 가라고 나무랐고
치겠다, 차겠다, 그래, 죽이겠다, 협박했어.
그래서 난 이제 조용히 가게만 해 주면   315

어리석음 지니고 아테네로 돌아간 뒤

다신 널 뒤쫓지 않을 거야. 가게 해 줘.

알겠지, 난 이렇게 단순하고 어리석어.

허미아　　그러면 가 버려! 널 막는 게 누군데?

헬레나　　내가 여기 맡겨 놓을 어리석은 마음이지.　　　　320

허미아　　뭐? 라이샌더에게?

헬레나　　　　　　　　드미트리우스에게.

라이샌더　　두려워 말아요, 헬레나, 해치지 못할 테니.

드미트리우스　　암, 못해야지, 네가 비록 그녀 편을 든다 해도.

헬레나　　오, 저 애는 화가 나면 날카롭고 거칠어요!

학교에 다녔을 땐 암여우 같았고　　　　325

조그맣긴 하지만 사나운 애랍니다.

허미아　　또 '조그맣다'야? '작고 조그맣다'는 말뿐이야?

너는 왜 쟤가 날 놀리는 걸 묵인하니?

쟤한테 가게 해 줘.

라이샌더　　　　　　　　가 버려, 이 난쟁이야.

성장 억제 풀 먹은 최왜소 생명체야,　　　　330

이 염주알, 도토리야.

드미트리우스　　　　　　　넌 너무 주제넘어,

네 봉사를 경멸하는 그녀를 위해 준답시고.

그녀를 내버려 둬, 헬레나 얘기는 하지 마.

그녀 편도 들지 말고. 네 의도가 만약에

눈곱만큼이라도 사랑을 표하는 거라면　　　　335

죗값을 치를 테니.

라이샌더　　　　　　　　이젠 얘가 날 안 잡아.

자, 따라와, 그럴 용기 있으면, 그리고 시험하자,

헬레나에 대한 권리, 둘 중 누가 최고인지.

드미트리우스　　따라와? 그래, 착 달라붙어서 가겠다.

허미아   야, 이것아, 너 때문에 일이 모두 꼬였어.   340

아, 뒷걸음치지 마.

헬레나   널 믿지 않을 거고

짓궂은 너와 함께 더 있지도 않을 거야.

싸움에는 네 손이 내 손보다 빠르지만

도망에는 내 다리가 더 길지 않겠어. (퇴장)

허미아   참으로 놀라워서 할 말을 모르겠네. (퇴장)   345

오베론   이건 네 부주의 탓이야. 계속 실수했거나

아니면 고의로 못된 짓을 저질렀어.

퍽   정말로, 정령들의 왕이시여, 실수했습니다.

아테네 복장으로 그 남자를 알 거라고

저에게 말씀을 하시지 않았어요?   350

아테네인 눈에다 약을 바른 제 일은

지금까진 나무랄 데 없는 줄로 아옵니다.

전 이들의 말다툼을 놀이로 여기니까

지금까지 벌어진 일 기쁘기도 하고요.

오베론   연인들이 싸울 곳을 찾는 걸 보았지.   355

그러니까 로빈, 서둘러 밤을 짙게 만들어라.

별 빛나는 하늘을 내려앉는 안개로

지옥처럼 시커멓게 곧 덮어 버리고

성미 급한 연적들을 멀찌감치 떼어 놓아

하나가 가는 길에 다른 하나 못 오게 해.   360

때로는 네 혀를 라이샌더의 말에 맞춰

신랄한 모욕으로 드미트리우스 선동하고

때로는 드미트리우스처럼 욕을 해라.

이렇게 그들을 떨어뜨려 놓으면

죽음같이 깊은 잠이 그들의 이마 위로   365

납 다리와 박쥐 날갯짓으로 기어 올 것이다.
그때 이 약초를 라이샌더의 눈에다 으깨라.
그 액즙은 거기 있던 모든 오류 지우고
종전의 시각으로 눈동자를 돌게 하는
강력한 효능을 지니고 있으니까.　　　　　　　　370
그들이 다음에 깨어나면 이 모든 웃음거리,
꿈이나 부익한 환영처럼 보일 테고
연인들은 죽음까지 절대 아니 끝나게 될
결연 맺고 아테네로 되돌아갈 것이다.
난 네게 이 일을 시켜 놓은 다음에　　　　　375
인도 소년 달라고 여왕에게 청할 테다.
그런 다음 그녀 눈에 괴물 아니 보이도록
마법을 풀어 주면 만사가 평화로울 것이다.

퍽　　요정의 왕이시여, 서둘러야 합니다.
발 빠른 밤 여신의 용들이 구름을 쫙 가르고　　380
새벽 여신 전령이 저 건너에 빛나는데
그녀가 다가오면 곳곳에 떠돌던 혼령들은
교회 마당 집으로 몰려가죠. 모든 악령,
교차로와 홍수 속에 파묻힌 영혼들은
자기들의 창피한 짓 낮에게 들킬까 봐　　　385
구더기 들끓는 침대로 이미 돌아갔답니다.
그들은 고의로 빛을 멀리했기에 영원히
검은 머리 밤 여신과 어울려야 한답니다.

오베론　그러나 우리는 또 다른 종류의 영들이다.
난 아침의 여신과 자주 장난하였고　　　　390
붉게 타는 동쪽 문이 축복받은 빛으로
넵튠 향해 열리면서 짜고 푸른 물결을
금빛의 노랑으로 바꿔 놓을 때까지

산지기 차림으로 숲속을 거닐 수도 있단다.

그렇긴 하지만 지체 없이 서둘러라,   395

아침이 오기 전에 이 일이 이루어지도록.   (퇴장)

퍽   이리저리, 이리저리

그들 몬다, 이리저리. 사람들은

들에서 또 읍내에서 날 겁낸다.

도깨비야, 이리저리 몰아라.   400

여기 하나 왔구나.

(라이샌더 등장.)

라이샌더   거만한 드미트리우스, 어딨냐? 말해 봐.

퍽   이 나쁜 놈, 칼 뽑고 여깄다. 넌 어딨냐?

라이샌더   곧장 네게 가겠다.

퍽   그럼 날 따라와,

더 평평한 땅으로.

(목소리를 따르는 것처럼 라이샌더 퇴장)

(드미트리우스 등장.)

드미트리우스   라이샌더, 다시 말해!   405

이 도망자, 겁쟁이야, 달아나고 없느냐?

말해 봐! 덤불이야? 머리를 어디다 감췄어?

퍽   겁쟁이 놈, 별들에게 큰소리치고 있어?

싸움하기 바란다고 덤불에게 말하면서?

그런데 안 나와? 나와, 이 배신자, 애송이야!   410

작대기로 패 줄 테다. 네게 칼을 뽑는 자는

더러운 놈이다.

드미트리우스   아니 너 거기 있어?

퍽   내 목소리 따라와. 여기선 남자답게 못 싸워. (퇴장)

(라이샌더 등장.)

라이샌더   그는 앞서 가면서 계속 내게 대든다.

한여름 밤의 꿈

부르는 곳에 가면 없어져 버리고.　　　　　　　　　　415

나보다 뒤꿈치가 썩 가벼운 놈이야.

빨리 따라왔는데도 더 빨리 도망가서

어둡고 고르지 못한 길에 들어섰네.

여기서 좀 쉬어야지.　　　　　　　　　（눕는다.）

　　　　　　아침이여, 오너라!

흐릿한 네 빛을 보여만 준다면　　　　　　　　　420

드미트리우스 찾아서 분풀이해 줄 테니.　（잠든다.）

　　　　（퍽과 드미트리우스 등장.）

퍽	호호호! 겁쟁이야, 왜 안 나와?

　　　　　　（둘은 무대 위에서 서로를 교묘히 피한다.）

드미트리우스	용기가 있다면 기다려. 계속 자리 바꾸며

감히 서 있지도, 날 쳐다보지도 못하면서

내 앞에서 뛴다는 걸 잘 알고 있으니까.　　　　425

지금은 어딨어?

퍽	이리 와, 여기 있어.
드미트리우스	그래 그럼, 날 놀려라. 동트고 네 얼굴이

보이기만 해 봐라, 비싼 대가 치를 거야.

지금은 맘대로 해. 기운 빠져 할 수 없이

이 차가운 침대에 내 몸을 뻗는다.　　　　　　430

아침이 다가오면 찾아갈 줄 알아라. （누워서 잠든다.）

　　　　　（헬레나 등장.）

헬레나	오, 지겨운 밤, 오, 길고도 지루한 밤이여,

시간아 좀 짧아져라! 위안은 동쪽에서 빛나라,

딱한 나와 함께 있길 혐오하는 이들 떠나

날 밝으면 아테네로 돌아갈 수 있도록.　　　　435

때로는 슬픔의 눈 감겨 주는 잠이여,

나 자신에게서 나를 잠시 훔쳐 가라.　　（잠든다.）

퍽	아직 셋뿐이야? 하나를 더하면
	두 종류가 둘씩으로 넷이 된다.
	저기 오네, 슬프고 성질났어.
	불쌍한 여자들을 미치게 하다니
	큐피드는 짓궂은 녀석이야!

440

(허미아 등장.)

허미아	이렇게 지겹고도 비통한 적 없었어.
	이슬에 흠뻑 젖고 가시에 찢기어
	더 이상 기지도 걷지도 못하겠네.
	내 다리가 내 소망에 보조를 못 맞추네.
	날이 밝을 때까지 여기서 쉬어야지.
	둘이 맞붙겠다면 하늘은 라이샌더 지키소서!

445

(누워서 잠든다.)

퍽	땅 위에서
	곤히 자라.
	다정한 연인아,
	네 눈에
	치료약을 발라 줄게.

450

(라이샌더의 눈꺼풀에 꽃 즙을 짜 바른다.)

잠에서

깨거든

옛 님의

눈 속에서

진정한 기쁨을 느껴라.

그리고 짚신도 짝이 있단

촌사람들 속담이 맞음을

깨어나면 알게 될 것이다.

처녀 총각 짝짓고

455

460

안 되는 일 없을 거다,

주인은 암말 찾고 만사가 순조로울 테니까.　(퇴장)

4막 1장

라이샌더, 드미트리우스, 헬레나, 허미이는

계속 누워 잠잔다.

요정의 여왕 티타니아와 보텀 및

완두꽃, 거미줄, 티끌, 겨자씨와 다른 요정들 등장.

요정의 왕 오베론, 뒤에서 보이지 않은 채 등장.

티타니아　이리 와서 꽃 덮인 침대 위에 앉으세요,

당신의 사랑스러운 두 뺨을 쓰다듬고

매끈한 이 머리에 사향 장미 꽂으며

곱고 큰 그 귀에 입 맞춰 드릴게요, 환희 씨.

보텀　완두꽃 어딨어요?　　　　　　　　　　　5

완두꽃　여기요.

보텀　머리 좀 긁어 줘요, 완두꽃 님. 거미줄 선생은 어딨
지요?

거미줄　여기요.

보텀　거미줄 선생, 훌륭하신 선생은 손에 무기를 잡으시　10
고 엉겅퀴 꽃 위에 앉은 빨간 궁둥이 땅벌 한 마리
잡아 주십시오. 그리고 선생, 그 꿀 주머니를 나한테
갖다 주십시오. 작업할 때 너무 안달하지는 마십시
오, 선생. 그리고 선생, 꿀 주머니가 터지지 않도록

4막 1장 장소
아테네 근처의 숲.

67

	조심해요. 당신 몸 위로 꿀 주머니가 넘쳐흐르게 되 15
	는 건 꺼림칙하답니다, 거미줄 님. 겨자씨 선생은 어
	딨지요?
겨자씨	여기요.
보텀	주먹을 내 봐요, 겨자씨 선생. 제발 모자 벗고 예의를
	표하지는 마십시오, 선생님. 20
티타니아	뭘 원하세요?
보텀	아무것도 없답니다, 선생, 멋쟁이 거미줄 님이 날 긁
	는 것 도와주는 일 말고는. 난 이발소에 가 봐야겠
	어요, 선생, 얼굴에 기막히게 털이 많은 것 같으니
	까. 게다가 난 너무나 예민한 나귀라서 털이 조금만 25
	간지러워도 긁어야 한답니다.
티타니아	저, 음악 좀 듣는 건 어때요, 사랑스러운 자기?
보텀	난 음악에는 그런대로 괜찮은 귀가 있지요. 뼈다귀
	젓가락 장단을 들읍시다.
티타니아	근데 혹시 귀여운 자기, 뭘 먹고 싶으세요? 30
보텀	사실은 여물 한 통이요. 나는 그 말린 귀리라는 걸
	씹어 먹을 수 있답니다. 꼴 한 다발을 먹고 싶은 욕
	망이 큰 것 같네요. 좋은 꼴, 맛있는 꼴보다 더 좋은
	녀석은 없답니다.
티타니아	대담한 요정더러 다람쥐 창고를 뒤져서 35
	숨겨 놓은 햇열매를 바치도록 할게요.
보텀	차라리 한두 줌의 마른 완두 먹을래요.
	근데 제발 아무도 방해 않게 해 주시오,
	자고 싶은 마음이 굴뚝같으니까.
티타니아	주무세요, 내 팔로 감아 안아 드릴게요. 40

19~20행 제발 ... 마십시오
실내에서는 상급자 앞에서 모자를 벗는 게 당시의 예의였다.

한여름 밤의 꿈

요정들은 물러가라, 사방으로 멀어져라.

(요정들 함께 퇴장)

담쟁이도 아름다운 인동덩굴 이렇게
부드럽게 감으며 암송악도 껍질 덮인
느티나무 가지를 이렇게 둘러싸요.
오, 정말 그대 사랑해요! 난 정말 혹했어요!　　　　　45

(둘이서 잔다.)

(퍽 등장.)

오베론　(나오면서) 어서 와라, 로빈. 이 멋진 광경이 보이느냐?
　　　　난 이제 그녀의 미혹을 동정하기 시작했다.
　　　　이 미운 바보 위해 멋진 선물 찾고 있는
　　　　그녀를 최근에 숲 건너서 만났을 때
　　　　확실히 나무라며 다투었기 때문이야.　　　　　50
　　　　왜냐하면 그녀는 싱싱하고 향기로운 꽃 관을
　　　　이자의 털북숭이 머리 위에 씌웠는데
　　　　한때는 둥글고 빛나는 진주처럼
　　　　봉오리들 위에서 부풀었던 이슬이 이제는
　　　　자신의 불명예를 한탄하는 눈물처럼　　　　　55
　　　　귀여운 작은 꽃들 눈 속에 서 있었으니까.
　　　　내가 맘껏 그녀를 우롱하고 났을 때
　　　　그녀는 순한 말로 참아 달라 애걸했고
　　　　그때 난 그녀에게 업둥이를 요구했지.
　　　　그녀는 곧장 걔를 준 다음 자기 요정 시켜서　　　　　60
　　　　요정 나라 내 처소로 데려가게 해 줬어.
　　　　난 이제 소년을 얻었으니 그녀의 눈에서
　　　　미움받는 이 결함을 없애 줄 것이다.
　　　　그리고 퍽 너는 변형된 이 골통을
　　　　이 아테네 촌놈의 머리에서 벗겨 줘라.　　　　　65

그래서 다른 사람 깨어날 때 깨어나

다 함께 아테네로 돌아가고 이 밤의 일들은

심하게 뒤숭숭한 꿈으로만 생각도록.

하지만 요정의 여왕을 먼저 풀어 줘야지.

(그녀의 눈꺼풀에 꽃 즙을 짜 넣는다.)

늘 있던 사람으로 돌아가고   70

늘 보던 눈으로 보아라,

디아나 꽃눈에 큐피드 꽃 물리칠

효능과 영험이 있으니까.

자, 나의 티타니아, 깨어나요, 내 고운 여왕님.

티타니아	(깨면서) 오베론 님! 참 희한한 환영도 다 봤어요! 75

나귀에게 마음을 뺏겼던 것 같아요.

| 오베론 | 당신 애인 저기 있소. |

| 티타니아 | 어떻게 이런 일이? |

오, 이제 보니 역겹기 짝이 없는 얼굴이네!

| 오베론 | 잠시만 조용하오. 로빈, 그 머릴 벗겨 줘라. |

티타니아, 음악으로 이 다섯의 감각을   80

평상시의 잠보다 더 무디게 만드시오.

| 티타니아 | 여봐라, 음악을, 잠 오는 음악을 연주하라! |

(조용한 음악)

| 퍽 | (보텀의 나귀 머리를 떼어 내면서) |

이제 깨어나거든 네 바보 눈으로 쳐다봐라.

| 오베론 | 음악을 울려라!   (춤곡이 연주된다.) |

자, 여왕이여, 내 손 잡고

잠자는 사람들이 누운 땅을 구릅시다.   85

(오베론과 티타니아 춤춘다.)

당신과 난 이제 새롭게 의좋아졌으니

내일 밤 자정엔 축하연의 기분으로

테세우스 저택에서 흥겹게 춤추며

그 집안의 온갖 번영 축복해 줄 것이오.

변함없는 두 쌍의 연인도 그곳에서　　　　　　　　90

테세우스와 더불어 즐거이 결혼할 것이오.

퍽　　　　요정의 왕이시여, 잠깐만요,

　　　　　　종달새의 아침 노래 들립니다.

오베론　　그렇다면 여왕이여, 조용하게

　　　　　　밤 그림자 뒤쫓으며 뜁시다.　　　　　　95

　　　　　　우리는 떠도는 달보다 더 빨리

　　　　　　지구를 선회할 수 있으니까.

티타니아　가요 여보, 날아가며 말해 줘요,

　　　　　　어떻게 오늘 밤 내가 여기

　　　　　　이따위 인간들과 땅 위에서　　　　　　100

　　　　　　잠자는 게 발견된 것인지.

　　　　　　　　　　（함께 퇴장. 네 연인과 보텀은 계속 누워 잔다.）

　　　（안에서 나는 뿔피리 소리에 맞춰 테세우스,

　　　히폴리타 및 이지우스, 시종들과 함께 등장.）

테세우스　자, 너희 중 한 사람이 산지기를 찾아내라.

　　　　　　이제는 우리가 오월제 의식을 치렀고

　　　　　　다가오는 하루의 선봉 또한 잡았으니

　　　　　　내 님에게 사냥개 음악을 들려줄 것이다.　　105

　　　　　　저 서쪽 계곡에 개들을 풀어 놔라.

　　　　　　신속히 처리하라, 산지기도 찾아내고.

　　　　　　　　　　　　　　　（시종 한 명 퇴장）

　　　　　　아름다운 여왕이여, 우리는 산 위로 올라가

　　　　　　사냥개와 메아리가 합쳐서 만드는

　　　　　　음악적인 혼성을 잘 들어 볼 것이오.　　　110

히폴리타　헤라클레스와 카드모스가 크레타 숲속에서

스파르타 사냥개로 곰 몰이를 했을 때
같이한 적 있었는데 그렇게 웅장한 울음은
들어 본 적 없었어요. 수풀뿐만 아니라
하늘과 호수와 주변 지역 모두가 115
합동으로 울부짖는 것 같았으니까요.
그렇게 음악적인 잡음과 그토록
아름다운 천둥소린 들어 본 적 없었어요.

테세우스 　내 사냥개들도 스파르타 종자로 얻었는데
큰 턱과 누런색이 그쪽이오. 머리에는 120
아침 이슬 쓸고 가는 두 귀가 달렸으며
흰 무릎과 목주름은 테살리아 황소 같소.
추적할 땐 느리나 입은 종의 합주처럼
소리가 층층인데, 이 무리의 화음만큼
큰 환성과 뿔피리 격려를 받은 일은 125
크레타, 스파르타, 테살리아 어디서도 없었소.
듣고서 판단하오. 잠깐만, 이 무슨 요정이오?

이지우스 　각하, 여기에서 자는 건 제 딸이고
이쪽은 라이샌더, 이쪽은 드미트리우스,
이쪽은 헬레나, 네다르 노인의 헬레나로 130
여기 같이 있다니 놀라운 일입니다.

테세우스 　이들은 틀림없이 오월제를 지키려고
일찍 일어났는데 짐의 계획 듣고서
이번 짐의 혼례를 경축하러 여기 왔소.
그런데 이지우스, 오늘이 허미아가 135
어떤 선택 했는지 답하는 날 아니오?

111행 헤라클레스와 카드모스
그리스 신화에서 헤라클레스는 열두 가지
난제를 해결한 유명한 영웅, 카드모스는 　**126행 테살리아**
페니키아의 왕자로 테베의 창건자. 　고대 그리스의 동북부에 위치한 지역.

한여름 밤의 꿈

72

이지우스	맞습니다, 각하.
테세우스	가서, 사냥꾼들 뿔피리로 이들을 깨우라.

(시종 한 명 퇴장. 안에서 외침.
뿔피리 부는 소리. 연인들은 놀라 일어난다.)

다들 잘 잤는가? 성 밸런타인은 지났는데
이곳의 숲 새들은 이제 짝을 짓는가?　　　　　　　　140

라이샌더	용서해 주십시오, 각하. 　(연인들이 무릎을 꿇는다.)
테세우스	모두들 일어나게.

자네 둘은 연적인 줄 내가 알고 있는데
이 다정한 화합이 어찌 이뤄졌기에
미움은 불신에서 멀찌감치 떨어지고
미운 사람 곁에 자도 악의가 안 두렵지?　　　　　　145

라이샌더	각하, 깜짝 놀라 반은 자고 반은 깬 상태로

대답하겠습니다. 그렇지만 맹세코
어떻게 왔는지는 진짜로 모르겠습니다.
하지만 제 생각에 — 사실을 말씀드리자면
이제 생각하니까 그게 이렇습니다. —　　　　　　150
전 여기 허미아와 왔는데 저희의 의도는
아테네를 떠나는 것이었고 아테네 법률의
위험을 벗어난 곳에서 뭔가를 —

이지우스	그만, 그만, 각하. 그만 들으십시오.

저자를 법, 법에 의해 처벌해 주십시오.　　　　　　155
그들은 도망치려 했다네, 드미트리우스,
그래서 자네와 내게서 앗아 가려 했다니까,
자네에게서는 아내를, 내게서는 허락을,
내 딸을 자네에게 준다는 허락을.

139행 성 밸런타인
밸런타인 성자를 기념하는 날(2월 14일)로 이때 새들이 짝을 짓는다고 한다. (뉴펭귄)

| 드미트리우스 | 각하, 아름다운 헬렌이 그들의 도망을 | 160 |

드미트리우스　각하, 아름다운 헬렌이 그들의 도망을 160
　　　　　　이 숲으로 온 목적을 말해 주었습니다.
　　　　　　격분한 전 여기로 그들을 뒤쫓았고
　　　　　　상사병 난 헬레나는 저를 뒤쫓았지요.
　　　　　　한데 각하, 무슨 힘 때문인지 모르지만 ―
　　　　　　힘은 틀림없는데 ― 허미아에 대한 제 사랑이 165
　　　　　　눈 녹듯 녹아 버려 이제는 그게 마치
　　　　　　제가 어린 시절에 정말로 혹했던
　　　　　　하찮은 노리개의 회상처럼 보입니다.
　　　　　　그리고 제 마음의 모든 신뢰, 미덕과
　　　　　　제 눈의 표적이며 즐거움의 대상은 170
　　　　　　헬레나뿐입니다. 전 그녀와 약혼을, 각하,
　　　　　　허미아를 보기 전에 하고 있었습니다.
　　　　　　그런데 전 이 음식을 병처럼 혐오했죠.
　　　　　　하지만 건강할 때처럼 원래 입맛 되돌아와
　　　　　　이젠 그걸 꼭 원하고 바라고 사랑하며 175
　　　　　　영원히 거기에 충실할 것입니다.
테세우스　　아름다운 연인들이 운 좋게 만났구나.
　　　　　　이 얘기는 짐이 곧 더 들어 볼 것이다.
　　　　　　이지우스, 경의 뜻을 내가 꺾어야겠소.
　　　　　　이 두 쌍은 신전에서 짐과 함께 곧바로 180
　　　　　　영원히 맺어질 것이기 때문이오.
　　　　　　그리고 이제는 아침이 좀 지났으니
　　　　　　목적했던 사냥은 보류될 것이다.
　　　　　　자, 아테네로 같이 가자. 셋에 셋을 더하여
　　　　　　우리는 커다란 축하연을 열게 될 것이다. 185
　　　　　　갑시다, 히폴리타.

　　　　　　(테세우스, 히폴리타, 이지우스 및 시종들 함께 퇴장)

한여름 밤의 꿈

드미트리우스	이것들은 먼 산이 구름이 된 것처럼
	조그맣고 식별이 불가능한 것 같아.
허미아	난 쪼개진 눈으로 이것들을 본다고 생각해,
	모든 게 다 둘로 보이니까.
헬레나	나도 그래.

190

드미트리우스는 내가 주운 보석 같아,
내 건데 내 건 아냐.

드미트리우스	우리가 깨 있는 게
	확실해? 난 아직도 우리가 잠자고
	꿈꾸는 것 같아. 공작님이 여기에 계셨고
	우리에게 따라오라 하신 것 같지 않아?

195

허미아	맞아, 그리고 아버지도.
헬레나	히폴리타 님도.
라이샌더	그리고 신전으로 따라오라 명하셨어.
드미트리우스	그렇다면 우린 깼어. 공작님을 따라가자,
	가는 길에 우리 꿈을 자세히 얘기하고.

(연인들 함께 퇴장)

보텀 (깨면서) 내 신호가 나오거든 불러 줘, 그러면 대답 200
할게. 다음 것은 '최고로 아름다운 피라무스'야. 아
아 음! 피터 퀸스? 풀무장이 플루트? 땜장이 스나
우트? 스타블링? 맙소사! 도망쳤어, 날 자게 내버
려 두고! 난 참으로 드문 환영을 보았어. 꿈을 꿨는
데 인간의 머리로는 그게 무슨 꿈인지 말 못 해. 그 205
꿈을 설명하려 든다면 인간은 나귀 같은 바보일 뿐
이야. 내 생각엔 내가 — 누구도 그게 뭔지 말 못 해.
내 생각엔 내가 그리고 내 생각엔 내게 — 하지만
인산은 얼룩 옷 입은 바보일 뿐이야, 내세 있던 걸
말해 주려 한다면 말이야. 내 꿈이 뭐였는지는 인간 210

의 눈으로 듣지도, 인간의 귀로 보지도, 인간의 손으로 맛볼 수도, 혀로 이해할 수도, 마음으로 말할 수도 없어. 피터 퀸스에게 이 꿈으로 가요를 짓도록 해야겠어. 제목은 '보텀의 꿈'이 될 거야, 왜냐하면 거기에 보텀은 없으니까. 그리고 난 그걸 공작님 앞에서 연극의 끝 부분에 노래할 거야. 어쩌면 그걸 좀더 우아하게 만들기 위해 그녀가 죽을 때 그걸 노래해야지. (퇴장)

215

4막 2장

퀸스, 플루트, 스나우트, 스타블링 등장.

퀸스	보텀네 집으로 사람을 보내 봤어? 아직 집에 안 왔어?
스타블링	소식을 들을 수가 없었어. 틀림없이 어디로 잡혀갔어.
플루트	그가 안 오면 연극은 망가졌어요. 무대로 못 나갈 텐데, 그렇지요?
퀸스	불가능해. 아테네를 통틀어 피라무스 역을 해낼 수 있는 남자는 그밖에 없어.
플루트	그래요, 그는 정말 아테네의 모든 손재주꾼 가운데

5

210~213행 인간의 … 없어
여기서 보텀이 말하는 감각 기능의 혼동은 다른 곳에서도 나타나며, 특히 이 부분은 베드로서 2장 9절의 패러디이다. (뉴펭귄, 리버사이드)

214~215행 거기에 … 없으니까
원문(because it hath no bottom)은 세 가지 정도의 뜻이 있다. 첫째, 문자 그대로 '거기엔 바닥(bottom)이 없으니까.' 둘째,

좀 의역을 해서 '그 바닥은 너무 깊어 없는 것 같으니까.' 셋째, 보텀의 이름을 그대로 사용하여 '거기에 보텀은 없으니까.' 그는 지금 자기가 나귀로 변신했던 사실을 꿈으로는 받아들이면서 현실로는 받아들이지 못한다.

4막 2장 장소
아테네. 퀸스의 집.

가장 머리가 좋답니다.

퀸스 맞아, 가장 풍채 좋은 사람이기도 하지. 게다가 달
      콤한 목소리는 아주 샛서방 같다니까.   10

플루트 '새 서방'이라고 해야지요. 샛서방은 맙소사, 창피
       한 거랍니다.

        (가구장이 스넉 등장.)

스넉 이보게들, 공작님이 신전에서 오고 있고 두서너 신
      사숙녀 분들이 더 결혼을 한다고 그래. 우리의 놀이
      가 무대로 나갔더라면 우린 모두 팔자 고쳤을 거라고. 15

플루트 오, 멋진 보텀 대장님! 이리하여 그는 일생 동안 하
       루에 육 펜스를 잃었어요. 하루에 육 펜스는 피할
       수 없었을 거라고요. 공작님이 그에게 피라무스를
       연기했다고 하루에 육 펜스씩 안 주셨다면 제 목을
       내놓지요. 그는 받을 만합니다. 피라무스로 하루에 20
       육 펜스, 아니면 한 푼도 못 받죠.

        (보텀 등장.)

보텀 이 친구들 어디 갔지? 이 사람들 어디 갔어?

퀸스 보텀! 오, 가장 눈부신 날이다! 오, 가장 행복한 시
      간이다!

보텀 여러분, 내가 놀라운 일을 설하겠는데 하지만 뭔지   25
      는 묻지 마시라. 말을 해 준다면 난 진짜 아테네 사
      람이 아닐 테니까. 다 말해 주겠어, 일이 일어난 그
      대로 말이야.

퀸스 들려줘, 착한 보텀.

보텀 한마디도 안 할 거야. 내가 해 줄 말이라고는 공작님 30
      이 식사를 끝냈다는 것뿐이야. 복장을 챙기라고, 수
      염 끈을 잘 달고, 구두에 새 리본을 붙여서 곧장 궁
      정에서 만나. 각자 자기 역을 죽 훑어 봐. 앞뒤 다 자

르고 얘기하면 우리 극이 추천되었으니까. 하여튼
티스베는 깨끗한 옷을 입고 사자 역을 하는 사람은   35
손톱을 자르지 마, 그건 사자 발톱으로 내밀어야 할
테니까. 그리고 가장 소중한 배우 여러분은 양파나
마늘을 먹지 마시라, 우리는 향기로운 입김을 내뿜
어야 하니까. 그러면 틀림없이 그들로부터 향기로운
희극이란 말을 들을 거야. 말은 그만하고. 자, 가, 가   40
자고!   (함께 퇴장)

5막 1장

테세우스, 히폴리타, 필로스트레이트를 포함한
신하들과 시종들 등장.

히폴리타   테세우스 님, 연인들이 이상한 걸 얘기해요.
테세우스   이상한 게 사실보다 많지요. 난 절대로
          이런 옛 전설이나 요정의 장난을 못 믿겠소.
          연인과 광인은 머리가 너무 끓어오르고
          조형력이 너무 강해 차가운 이성으로   5
          파악하는 것보다 더 많은 걸 감지하오.
          광인과 연인과 그리고 시인은
          오로지 상상으로 꽉 차 있는 자들이오.
          거대한 지옥보다 더 많은 악마를 보는 자
          그것은 광인이고, 연인도 돌았긴 마찬가지,   10
          집시의 얼굴에서 헬렌의 미모를 본다오.

5막 1장 장소
아테네. 테세우스의 궁정.

시인의 두 눈이 세련된 광기로 구르면서
하늘에서 땅, 땅에서 하늘까지 쳐다보고
알려지지 않았던 형상들을 상상의 힘으로
구체화함에 따라 시인의 펜촉은   15
그것들을 형체 있는 것으로 바꾸면서
무형물들에게 거주지와 이름을 준다오.
강력한 상상력은 속임수가 뛰어나서
그 어떤 기쁨을 감지만 하여도
그 기쁨의 원인이나 제공자를 떠올리오.   20
또는 밤에 무언가가 두렵다고 상상하면
덤불은 얼마나 쉽사리 곰으로 보입니까!

히폴리타   하지만 간밤에 되풀이된 모든 얘기
그리고 다 함께 변모한 그들의 마음은
연정의 상상보다 더 많은 걸 입증하고   25
무언가 커다란 일관성을 확보해요.
그렇지만 이상하고 경이롭긴 하네요.

(연인들인 라이샌더, 드미트리우스, 허미아, 헬레나 등장.)

테세우스   기쁨과 환희에 찬 연인들이 오는군요.
자, 친구들, 크나큰 기쁨과 사랑의 새날들이
그 가슴에 깃들기를!

라이샌더   저희보다 더 많이   30
각하의 산책로, 식탁과 침실에서 기다리길!

테세우스   자, 그런데 무슨 가면극이나 춤으로
저녁 식사 마친 뒤 침실에 들 때까지
세 시간이라는 긴 세월을 보내지?
평소 짐의 기쁨 관리자는 어딨느냐?   35
준비된 여흥은 무엇이냐? 고문하는
시간의 고통을 덜어 줄 연극은 없느냐?

	필로스트레이트를 불러라.	
필로스트레이트	(나서며) 예, 막강하신 테세우스.	
테세우스	그래, 오늘 저녁 놀이로 무엇을 준비했나?	
	가면극? 음악인가? 즐거움이 없다면	40
	느려 터진 시간을 어떻게 속여 먹지?	
필로스트레이트	이것이 준비된 여흥 목록이옵니다.	
	처음에 보실 것을 선택해 주십시오. (서류를 바친다.)	
테세우스	(읽는다.) '아테네의 내시가 하프에 맞춰 부를	
	켄타우로스 족속과 벌이는 전쟁 얘기?'	45
	이건 안 봐. 이건 내가 친척인 헤라클레스의	
	영광을 기리면서 내 님에게 얘기했어.	
	'트라키아의 가수를 격노하여 찢어 죽인	
	술 취한 바커스 신도들의 폭동 얘기?'	
	이건 내가 최근에 테베를 정복하고 왔을 때	50
	공연된 바 있었던 낡아 빠진 작품이야.	
	'세 쌍의 세 뮤즈가 빌어먹다 서거한	
	학식의 죽음을 애도하는 노래'라고?	
	이것은 날카롭고 비판적인 풍자라서	
	혼인의 예식과는 들어맞지 않는다.	55
	'피라무스 젊은이와 그의 애인 티스베의	
	지겹게 짧은 극, 대단히 비극적인 오락물?'	
	즐거운데 비극적? 지겨운데 짧다고?	
	뜨거운 얼음이며 놀랍고 이상한 눈이잖아.	
	어떻게 이 소음의 화음을 찾아내지?	60
필로스트레이트	극이 한 편 있는데, 각하, 열 마디 정도로	

45행 켄타우로스
그리스 신화에 등장하는 괴물로 인간의
머리, 허리, 팔에 말의 몸과 다리를 가졌다.

48행 트라키아의 가수
오르페우스를 가리킨다.

제가 아는 연극으론 짧을 만큼 짧습니다.
근데 그 열 마디가, 각하, 너무 길어
지겹게 된답니다. 연극을 통틀어
적절한 말이나 배우는 전혀 없으니까요.   65
또한 비극적인데, 고귀하신 각하,
피라무스가 거기에서 자결하기 때문이죠.
연습 중인 이 극을 봤을 때 전 고백건대
눈물이 났습니다. 하지만 큰 웃음 터뜨리며
더 기쁜 눈물을 흘려 본 적 없습니다.   70

테세우스   그것을 연기하는 사람들은 누군가?

필로스트레이트   아테네 여기서 일하는 손이 억센 자들로
지금까지 정신노동 해 본 적 없었으나
각하 혼례 대비하여 바로 이 연극으로
안 쓰던 기억력을 이제는 혹사시켰답니다.   75

테세우스   짐은 그걸 듣겠다.

필로스트레이트   안 됩니다, 공작 각하,
어울리지 않습니다. 제가 다 들었는데
아무것도, 원 세상에, 아무것도 아닙니다.
각하를 섬기려고 머리를 극도로 쥐어짜며
고통스레 외우려는 그들의 의도에서   80
재미를 찾으시면 모를까.

테세우스   그 극을 듣겠다,
순진함과 존경으로 바치고자 하는 일은
어떤 것도 절대로 잘못될 수 없으니까.
그들을 데려오라. 부인들은 앉으시오.

                (필로스트레이트 퇴장)

히폴리타   부족한 자들이 무리하게 애쓰다가   85
표하려던 존경심이 사라지면 싫은데요.

테세우스	아니 여보, 그런 일은 일어나지 않을 거요.
히폴리타	그들이 이런 일은 못 한다고 하잖아요.
테세우스	못 한 일에 감사하면 우린 더욱 친절하오.

재미는 그들의 실수를 이해하는 것이며 90
서투른 존경으로 못 하는 건 가치가 아니라
능력이 있다고 관대하게 봐준다오.
내가 갔던 곳에서는 위대한 학자들이
환영사를 준비하고 나를 맞이하였소.
난 그들이 몸을 떨며 창백한 모습으로 95
말을 하는 도중에 여기저기 중단하고
겁에 질려 연습했던 문장을 삼키며 질식하고
결국은 벙어리가 된 것처럼 환영도 못 한 채
멈추는 걸 보았소. 여보, 장담컨대
난 그런 침묵에서 환영을 골라냈고 100
두려움과 존경 품은 공손한 마음에서
건방지고 무례하게 웅변하는 자들의
떠버리 입에서만큼이나 많은 걸 읽었소.
그러므로 사랑과 말 못 하는 순진함이
내 생각으로는 최소로 최대한을 말하오. 105

(필로스트레이트 등장.)

필로스트레이트	공작 각하, 서두 역이 준비되었습니다.
테세우스	들라 하라. (트럼펫 합주)

(서두 역의 퀸스 등장.)

서두 역	저희가 언짢게 해 드리면 저희의

선의는 언짢게. 하려고 나온, 게 아니라
선의로 단순한 재주를 보이려는 110
겁니다 그것이. 저희 목표의 진정한
시작이죠 그러면. 저희가 나온 건 악심 품고.

한여름 밤의 꿈

안 나왔고 만족을 드리려는 것임을 고려하
십시오 저희의 진의는. 모두 다 여러분의
기쁨이고 자책감. 느끼라고 여기 있는   115
건 아닌데 배우들이 나왔고 구경을 하시면
궁금한 건 모두 다 알아내실 것입니다.

테세우스   이 친구는 구두점을 지키지 않는구먼.

라이샌더   거친 수망아지 타듯이 머리말을 읊었습니다. 멈출
줄 모르니까요. 훌륭한 교훈입니다, 각하, 말을 하는   120
것으론 충분치 않고 올바로 말해야지요.

히폴리타   정말로 저 사람은 머리말을 어린애가 피리를 불듯
읊었네요, 소리는 냈지만 조절을 못 했으니까.

테세우스   그의 대사는 뒤엉킨 사슬 같았소. 손상된 건 없었지
만 모든 게 혼란스러웠소. 다음은 누군가?   125

    (나팔수를 앞세우고 피라무스, 티스베,

      벽과 달빛, 그리고 사자 등장.)

서두 역   여러분, 이 구경이 무얼까 궁금하실 겁니다.
진실이 밝혀질 때까지 궁금해하십시오.
이 사람은 아시고 싶다면 피라무스,
아름다운 이 숙녀는 틀림없는 티스베죠.
회반죽과 초벌칠을 뒤집어쓴 이 사람은   130
벽, 연인들 갈라놓은 못된 벽을 나타내고
벽의 틈을 통하여 딱한 둘은 속삭이며
만족했죠. 그 사실에 놀라지 마시라.
등불과 개, 가시덤불 가진 이 사람은
달빛을 나타내죠. 아시고 싶다면 연인들은   135
달빛 아래 거기, 거기, 니누스 왕릉에서
거리낌 없이 만나 구애했으니까요.
이 섬뜩한 짐승은 이름이 사자라 하는데

밤중에 먼저 나온 믿음직한 티스베를

무서워 도망가게, 사실은 놀라게 만들었죠. 　　　　　140

그녀가 달아날 때 외투가 떨어졌고

그것을 고약한 사자가 피 묻은 입으로 씹었죠.

곧 키 크고 멋진 총각 피라무스 나와서

믿음직한 티스베의 외투가 죽은 걸 보더니

칼을 들어, 큰일 낼 칼날 세운 칼을 들어 　　　　　145

피 끓는 피라무스 가슴팍을 팍 찔렀고

뽕나무 그늘 아래 멈춰 섰던 티스베는

그의 칼을 뽑아서 죽었지요. 그 나머진

사자와 달빛과 벽과 두 연인이

여기 있을 동안에 상세히 설명할 것입니다. 　　　　　150

　　　　　(서두 역, 피라무스, 티스베, 사자, 달빛 함께 퇴장)

테세우스　　앞으로 사자도 말을 할까 궁금하군.

드미트리우스　궁금하시긴요, 각하, 나귀 같은 바보들도 하는데

　　　　　사자 하나쯤이야 당연하죠.

　　벽　　바로 이 막간극의 벽을 나타내는 일이

　　　　　스나우트라는 이름의 제게 떨어졌습니다. 　　　　　155

　　　　　이 벽으로 말하자면 생각해 보십시오,

　　　　　벌어진 구멍 또는 틈새가 있는데

　　　　　그걸 통해 피라무스, 티스베, 두 연인이

　　　　　아주 비밀스럽게 자주 속삭였답니다.

　　　　　이 회반죽, 이 초벌칠, 이 돌은 제가 바로 　　　　　160

　　　　　그 벽임을 보여 주죠, 사실이 그러니까.

　　　　　그리고 이게 그 왼쪽과 오른쪽 틈인데

　　　　　거길 통해 겁먹은 연인들은 속삭일 것입니다.

테세우스　　찰흙과 털 반죽이 이보다 말을 더 잘하길 바라겠는가?

드미트리우스　각하, 이건 제가 담화하는 걸 들은 칸막이 가운데 　　165

가장 재치가 있습니다.

　　　　(피라무스 등장.)

테세우스　피라무스가 벽으로 다가간다. 조용하라!

피라무스　오 험상궂은 밤이여! 오 검디검은 밤이여!

　　　　오 낮 아니면 언제나 밤이 되는 밤이여!

　　　　오 밤이여, 오 밤이여, 슬프고도 슬프도다,　　　　　170

　　　　티스베기 약속을 잊지나 않았을까!

　　　　오 그대, 오 벽이여, 오 아름다운 벽이여,

　　　　그녀의 아버지와 내 아버지 땅 사이에 서 있구나.

　　　　그대 벽, 오 벽이여, 오, 아름다운 벽이여,

　　　　틈새를 보여 다오, 눈 깜빡여 뚫어 보게.　　　　　175

　　　　　　　　　　　(벽이 손가락을 뻗친다.)

　　　　고맙다, 정중한 벽. 복 많이 받아라!

　　　　그런데 뭐가 보여? 티스베가 안 보인다.

　　　　오 사악한 벽이여, 널 통해 지복을 못 보다니!

　　　　이렇게 날 속인 너의 돌은 저주를 받아라!

테세우스　내 생각에 이 벽은 느낄 수 있으니까 저주를 돌려줘　180

　　　　야 하지 않을까.

피라무스　아뇨, 정말이지 그래선 안 됩니다. '날 속인'은 티스

　　　　베의 신호인데 그녀는 지금 등장할 테고 전 벽을 통

　　　　해 그녀를 발견하게 되죠. 말씀드린 대로 일이 꼭 벌

　　　　어진다는 걸 아실 겁니다. 저기 그녀가 오는군요.　　185

　　　　　　　　　　(티스베 등장.)

티스베　오 벽이여, 그대는 내 신음 정말 자주 들었어,

　　　　내 고운 피라무스 나와 갈라놨으니까!

　　　　앵두 같은 내 입술은 그대 돌에 입 맞췄어,

　　　　찰흙과 털 섞어 쌓아 놓은 그대의 돌에게.

피라무스　목소리가 보이네. 난 이제 틈새로 가리라.　　　　190

	몰래 보니 티스베 얼굴을 들을 수 있구나.
	티스베?
티스베	그대는 내 사랑, 난 그렇게 생각해요!
피라무스	뭔 생각을 하든지 난 그대 애인이고
	리맨더처럼 난 언제나 믿음직하다오.
티스베	나 또한 헬렌처럼 운명으로 죽기까지 그래요.
피라무스	셰팔루도 프로크루에게 이리 충실 못 했소.
티스베	셰팔루, 프로크루처럼 난 당신께 충실해요.
피라무스	오, 이 못된 벽 구멍을 통하여 키스해요.
티스베	당신 입술 못 닿고 벽 구멍에 키스해요.
피라무스	곧바로 니나노 왕릉에서 만날 거요?
티스베	살든지 죽든지 지체 없이 갈게요.

195

200

(피라무스와 티스베 각자 퇴장)

벽	이리하여 이 몸 벽은 맡은 역을 다했고
	끝났으니 이 벽은 이렇게 나갑니다. (퇴장)
테세우스	이제 두 이웃 사이의 담장이 허물어졌구먼.
드미트리우스	어쩔 도리가 없습니다, 각하, 벽이 경고도 없이
	저렇게 기꺼이 듣는다면.
히폴리타	이건 내가 들은 허튼소리 가운데 가장 어이가
	없네요.
테세우스	이런 부류에선 최고인 자들도 그림자일 뿐이라오.
	또한 최악인 자들도 상상으로 고쳐 보면 더 나쁘진
	않다오.
히폴리타	그럼 그건 당신의 상상이지 그들의 상상은 아니잖
	아요.

205

210

194~196행 리맨더 ... 프로크루

보텀과 플루트가 잘못 발음한 이름. 리맨더—레안드로스, 헬렌—헤로, 셰팔루—케팔로스,
프로크루—프로크리스. 이들은 모두 오비디우스의 『변신 이야기』 7권에 나오는 비극적인
연인들이다. (아든, 뉴펭귄)

한여름 밤의 꿈

테세우스	우리가 그들을 그들 스스로 상상하는 것보다 더 나쁘게 상상하지만 않는다면 그들은 탁월한 자들로 통할 거요. 저기 사람과 사자, 두 고귀한 짐승이 나오는구려. 215

(사자와 달빛 등장.)

사자	마루 기는 작은 괴물, 쥐조차도 두려운 온순힌 마음 가진 어러 숙너들이여, 이제 거친 사자가 광란 속에 어흥 하면 220 아마도 부들부들 떠실 수가 있겠지요. 그럼 전 가구장이 스넉으로 사나운 사자이지 안 그러면 사자의 어미도 아님을 아십시오. 제가 만약 사자로서 싸움을 하려고 이 자리에 나왔다면 참 애석할 테니까요. 225
테세우스	아주 온순한 짐승일세, 양심도 바르고.
드미트리우스	제가 본 짐승으론 최곱니다, 각하.
라이샌더	이 사자는 용기로는 영락없는 여우입니다.
테세우스	맞았어. 그리고 분별력으로는 거위야.
드미트리우스	아닙니다, 각하. 그의 용기가 그의 분별력을 끌고 가 230 지 못하니까요. 그런데 여우는 거위를 끌고 가거든요.
테세우스	그의 분별력은 그의 용기를 끌고 가지 못하는 게 분 명해, 거위가 여우를 끌고 가진 못하니까. 잘됐어, 그건 그의 분별력에 맡겨 두고 우리는 달의 말이나 들어 보지. 235
달빛	이 등불은 뿔 달린 달님을 나타내고 —
드미트리우스	그 뿔을 자기 머리 위에 달았어야지.
테세우스	그는 초승달이 아니니까 뿔이 원주 안에 있어서 안 보이는 거라네.
달빛	이 등불은 뿔 달린 그런 달을 나타내고 240

저 자신은 달 안의 사람인 것 같습니다.

테세우스　이건 나머지 모든 오류 가운데 가장 큰 거야. 사람
　　　　이 등불 안으로 들어갔어야지. 안 그러면 어떻게 달
　　　　안의 사람인가?

드미트리우스　거기는 촛불 때문에 감히 못 갑니다. 보시다시피　　245
　　　　벌써 심지를 자를 때거든요.

히폴리타　난 저 달이 지겨워요. 변했으면 좋으련만!

테세우스　그의 적은 분별력에 비춰 보건대 그는 지고 있는 것
　　　　같구려. 하지만 예절이나 모든 이치로 볼 때 우리가
　　　　때를 기다려야 한다오.　　　　　　　　　　　　　250

라이샌더　달은 계속하라.

달빛　제가 하고 싶은 말이라고는 이 등불은 달이고 저는
　　　　달 안의 사람이고, 이 가시덤불은 제 가시덤불이고
　　　　이 개는 제 개라는 얘기뿐입니다.

드미트리우스　글쎄, 그 모든 것이 등불 안에 있어야지, 그 모든 것　　255
　　　　이 달 안에 있으니까. 하지만 쉿! 티스베가 나왔어요.

　　　　　　（티스베 등장.）

티스베　니나노 옛 왕릉이 여기구나. 님은 어디?

사자　어흥!　　　　（사자가 으르렁거리고 티스베는 외투를
　　　　　　　　　　　　　　　　　　떨어뜨리며 도망간다.）

드미트리우스　잘 울었다, 사자야!

테세우스　잘 뛰었다, 티스베!　　　　　　　　　　　　　260

히폴리타　잘 빛났다, 달아! 사실 저 달은 참 우아하게 비춰요.

246행 심지
지금처럼 타서 없어지지 않고 엉겨 붙어서
촛불을 약화시키거나 꺼지게 만드는
당시의 심지.

252~254행 저는 ... 개
민담에 의하면 달 속의 사람은 일요일에
땔감을 구하러 나갔다가 안식일의 계율을
어긴 벌로 개와 가시덤불(그가 모은
땔감)과 함께 달로 추방됐다. (아든)

한여름 밤의 꿈

(사자, 외투를 씹은 뒤 퇴장)

테세우스	잘 씹었다, 사자야!
드미트리우스	그런 다음 피라무스가 나왔고 —
라이샌더	그리하여 사자는 사라졌도다.

(피라무스 등장.)

피라무스　착한 달님, 해님처럼 비춰 줘서 고맙구나.　　　265
　　　　　고맙구나, 달님아, 이리 밝게 빛나 줘서.
　　　　　친절하고 찬란하며 창창한 네 빛으로
　　　　　가장 참된 티스베를 볼 거라고 믿는다.
　　　　　　　　근데 잠깐! 오 심술이다!
　　　　　　　　　보아라, 가련한 기사여,　　　270
　　　　　　　이 무슨 끔찍한 슬픔이냐!
　　　　　　　　　눈이여, 보이는가?
　　　　　　　　　어떻게 이럴 수가?
　　　　　　　오, 예쁜 오리, 오 그대여!
　　　　　　　　　이 좋은 그대의 외투가　　　275
　　　　　　　　뭐라고, 피 묻어 있다고?
　　　　　　　잔인한 복수 여신 다가오라!
　　　　　　　　　오, 운명이여, 어서 오라!
　　　　　　　　　명줄 목줄 잘라 다오.
　　　　　　　깨뜨리고 으깨고 끝장내고 끊어 다오.　　　280

테세우스　이런 비탄과 사랑하는 여자 친구의 죽음이면 사나
　　　　　이를 거의 슬퍼 보이게 만들겠구려.

히폴리타　아이참, 저 남자가 안됐어요.

피라무스　사악한 사자가 여기서 내 님을 범했으니
　　　　　오, 조물주는 왜 사자를 만들었소?　　　285
　　　　　살았고 사랑했고 좋아했던 활기찬 모습의
　　　　　가장 고운 여인인데 — 아니, 아니 — 이었는데.

89

눈물이여 허물어라,

칼은 나와 찔러라,

피라무스 젖꼭지를.   290

그래, 심장이 팔딱이는

왼손 편 젖꼭지를. (자신을 찌른다.)

난 이, 이, 이렇게 죽는다!

난 이제 죽었다.

난 이제 떠났고   295

내 영혼은 하늘 갔다.

혀 너는 빛을 잃고

달 너는 도망가라!   (달빛 퇴장)

이제 죽, 죽, 죽, 죽, 죽는다.   (죽는다.)

드미트리우스   죽이 아니라 밥이겠지. 곧 구더기 밥이 될 테니까.   300

라이샌더   밥도 안 돼. 죽어 버렸으니까 아무것도 아니라고.

테세우스   의사의 도움을 받으면 회복할지도 모르고 그래서
나귀 같은 바보가 될 수도 있겠지.

히폴리타   티스베가 다시 나와 애인을 찾지도 않았는데 달빛
은 어쩌다가 나가 버렸지요?   305

테세우스   별빛으로 찾겠지요.

(티스베 등장.)

여기 나왔으니 그녀의 비탄으로 극은 끝날 것이오.

히폴리타   생각하건대 저런 피라무스에게 그녀가 긴 비탄을
보이진 말아야죠. 짧았으면 해요.

드미트리우스   피라무스 아니면 티스베, 누가 더 나은지는 티끌 하   310
나로 결정될 것입니다. 그게 남자라면, 하느님, 저희
를 보호하시고 여자라면, 하느님, 저희를 지키소서!

라이샌더   그녀가 그 아름다운 눈으로 이미 그를 발견했어.

드미트리우스   그리고 이게 그녀의 뜻인바, 즉 —

티스베	자나요, 내 님이여? 315
	뭐, 죽었어요, 내 비둘기?
	오 피라무스, 일어나요!
	말, 말해 봐요! 통 못 해?
	죽, 죽었어요? 멋진 두 눈
	무덤 속에 묻혀야 되겠네요. 320
	백합 같은 이 입술
	버찌 같은 이 코와
	샛노란 앵초꽃의 두 뺨이
	사라졌네, 사라졌어!
	연인들아 슬퍼하라, 325
	그의 눈은 파처럼 푸르렀다.
	오 운명의 세 자매여,
	내게 오라, 내게 와,
	우유처럼 창백한 손을 들고.
	그 손에 피 묻혀라, 330
	너희들이 작두로
	그의 비단 명줄을 잘랐으니.
	혀는 말을 멈추고
	믿음직한 칼이여,
	내 가슴 가차 없이 갈라라!(자신을 찌른다.) 335
	친구들아 잘 있거라,
	티스베는 이제 간다.
	안녕, 안녕, 안녕! (죽는다.)
테세우스	달빛과 사자가 남아서 죽은 자들을 묻어야 되겠
	구먼. 340
드미트리우스	예, 벽도 함께요.
보텀	(벌떡 일어나며) 아뇨, 확실히 말씀드리건대 그들의

두 아버지를 갈라놓았던 벽은 무너졌습니다. 맺음
말을 보시겠습니까, 아니면 저희 극단 두 배우의
촌스러운 춤을 들으시겠습니까?   345

테세우스 맺음말은 사양하네. 자네들의 극은 변명이 필요 없
으니까. 절대 변명하지 마라. 배우들이 다 죽어 버
렸을 경우엔 아무도 욕먹을 필요가 없으니까. 맞아,
극을 쓴 사람이 피라무스를 연기하고 티스베의 대
님으로 목매달아 죽었더라면 훌륭한 비극이 되었을   350
거야 ― 사실, 지금도 훌륭해, 연기도 아주 잘했고.
하지만 자, 자네들의 촌스러운 춤을 춰 보지그래,
맺음말은 그만두고.

(퀸스, 스넉, 스나우트와 스타블링이 등장,
그 가운데 둘이 촌스러운 춤을 춘다.
그런 다음 플루트와 보텀을 포함한 장인들 함께 퇴장)
자정을 알리는 쇠 추가 열두 번 울렸다.
연인들은 자러 가라, 거의 요정 나올 때다.   355
오늘 밤에 안 자고 깨어 있던 만큼이나
내일 아침 늦잠 자지 않을까 걱정된다.
썩 조잡한 이 극으로 굼벵이 밤 시간을
즐겁게 보냈구나. 친구들은 자러 가라.
짐은 이런 여흥과 새롭게 기뻐할 축연을   360
열나흘에 걸쳐서 밤마다 베풀리라.   (함께 퇴장)

(퍽 등장.)

퍽   지금은 주린 사자 울부짖고
늘대는 달 보고 짖으며
피곤한 농부는 힘든 일로
완전히 지쳐서 코 골 때다.   365
지금은 다 탄 장작 빛을 내고

올빼미가 날카로운 울음으로
비탄 속에 누워 있는 자에게
수의를 떠올리게 만들 때다.
지금은 무덤들이 큰 입 벌려   370
혼령들을 내놓고 그것들이
교회 길로 날아가는 밤 시간.
우리늘 요정 또한 지금은
태양 있는 곳에서 멀어지는
헤카테의 삼두마차 곁에서   375
꿈처럼 어둠을 뒤쫓아 달리며
유쾌하다. 신성한 이 집엔
쥐 한 마리 범접하지 못하리라.
빗자루 든 나를 먼저 보내신 건
문 뒤쪽의 먼지 청소 때문이다.   380

(요정의 왕과 여왕, 오베론과 티타니아,
모든 시종들과 함께 등장.)

오베론   가물가물 꺼져 가는 불빛으로
                집 전체를 어렴풋이 밝혀라.
                가시덤불 위를 나는 새처럼
                모든 요정 가볍게 뛰놀고
                나를 따라 이 노래를 부르며   385
                거기 맞춰 경쾌하게 춤을 춰라.

티타니아   낱말마다 지저귀는 소리 붙여
                우선은 이 노래를 외워라.
                손에 손 마주 잡고 우아하게
                노래하며 이곳을 축복하리.   (노래와 춤)   390

오베론   자, 날이 밝아 올 때까지
                모든 요정 집 안으로 흩어져라.

최고의 신방에 들른 다음
그곳을 축복해 주리라.
거기에서 태어나는 자손들은   395
언제나 운이 좋을 것이며
세 쌍의 부부도 언제나
참사랑을 할 것이고
조물주가 만드는 기형은
그들의 자손에겐 없으리라.   400
사마귀, 언청이, 흉터나
출생 시 사람들이 경멸하는
불길한 반점 따윈 절대로
그들의 자식에겐 안 생긴다.
이 성스러운 들 이슬을 가지고   405
모든 요정 발걸음 옮긴 다음
궁전의 방 하나하나 각각을
감미로운 평화로 축복하라.
그리고 축복받은 집주인은
언제나 안전하게 쉴 것이다.   410
뛰어가라, 멈추어 섰지 말고.
새벽녘엔 다 내게 돌아오라.

                   (퍽을 뺀 나머지 모두 함께 퇴장)

퍽   저희 그림자들이 언짢으셨다면
이 환상이 정말로 보였을 때
여기서 잠들어 있었을 뿐이라고   415
생각만 고치시면 다 괜찮죠.
그리고 가볍고 시시하며
꿈처럼 헛것 같은 이 주제를
나무라진 마십시오, 여러분.

한여름 밤의 꿈

용서해 주시면 잘해 보겠습니다.   420
또한 제가 정직한 퍽인 만큼
노력 없이 얻게 된 행운은
이제는 야유를 피하기 위하여
머지않아 개선하겠습니다.
안 그러면 거짓된 퍽이지요.   425
그러면 안녕히 주무세요.
친구라면 박수 좀 쳐 주세요,
그러면 로빈이 개선하겠습니다.   (퇴장)

작품 해설
참사랑의 길

월리엄 셰익스피어(1564~1616)는 『실수 희극』(1592~1594)을 시작으로 『잣대엔 잣대로』(1604)까지 총 열세 편의 희극을 썼다. 그 가운데 여기에 모인 다섯은 — 『한여름 밤의 꿈』(1595~1597), 『베니스의 상인』(1595~1597), 『좋으실 대로』(1599), 『십이야』(1601~1602), 그리고 『헛소문에 큰 소동』(1598~1599) — 소위 명작이라 불리는 작품들이다. 이들 희극은 그 내용이 다양하여 한마디로 정의하기는 어렵다. 그러나 이들이 희극으로 분류되는 이유는 적어도 두 가지 공통 요소를 갖추고 있기 때문이다. 우선 이들은 우리 관객이나 독자들에게 전체적으로 슬픔보다는 기쁨, 울음보다는 웃음을 준다. 그 웃음의 성격이 밝고 순수할 수도 있고 조소나 실소에 가까울 수도 있지만 어쨌든 우리를 심각한 슬픔에 빠뜨리거나 울게 하지는 않는다. 둘째, 극의 시작은 비록 심각하거나 비극적일 수 있어도 그런 갈등은 결국 화합에 이르고 행복하게 마무리된다. 적어도 주인공이나 중요한 인물이 죽는 일은 없고 그 대신 화합의 상징인 결혼이 있다. 이것이 여기에 모인 셰익스피어의 다섯 극작품이 희극이란 장르로 묶여 있는 까닭이다. 그러면 이제부터 『한여름 밤의 꿈』을 희극의 두 핵심 요소 가운데 하나인 결혼이라는 공통분모를 통하여 간략하게 소개해 보기로 하자.

1

『한여름 밤의 꿈』의 결말에는 세 쌍의 남녀가 결혼한다. 아테네의 군주인 테세우스 공작과 아마존의 여왕이었던 히폴리타, 그리고 두 쌍의 청춘 남녀인 허미아와 라이샌더, 헬레나와 드미트리우스가 바로 그들이다. 이들의 결혼, 특히 네 청춘 남녀의 결혼은 그저 주어진 것이 아니라 커다란 난관을 극복한 결과이다. 특히 허미아는 아버지의 뜻에 반하는 결혼을 하려다가 죽음의 위기까지 불러온다. 허미아의 위기는 결국 테세우스 공작이 나중에 이지우스의 뜻을 꺾는 것으로 극복되지만 이 희극의 주요 사건과 핵심 주제(사랑과 결혼)는 모두 허미아의 예에서 보듯이, 결혼 자체가 아니라 거기에 이르는 과정에서 일어나고 드러난다. 그리고 그 과정은 "참사랑의 길은 결코 순탄한 적 없었"(1.1.134)다는 라이샌더의 말로 요약할 수 있을 것이다.

순탄한 적 없는 참사랑의 길에 나타나는 첫 번째 장애물은 테세우스가 히폴리타의 사랑을 구한 방식에서 드러난다. "히폴리타, 나는 칼로 그대에게 구애했고/상처를 입히면서 사랑을 얻었소."(1.1.16~17) 여기에서 테세우스가 말하는 칼에 의한 구애, 이는 폭력 사용의 낭만적인 표현에 지나지 않는다. 비록 셰익스피어가 이 심각한 문제를 이곳에서는 더 이상 추적하지 않지만 사랑과 폭력의 밀접한 관계는 앞으로 있을 네 청춘 남녀의 숲속 혼란에서 다시 나타난다.

폭력 다음으로 드러나는 사랑의 장애물은 죽음이다. 죽음은 이미 허미아에게 심각한 위협으로 닥친 적이 있다. 하지만 그것은 1막 2장에서 퀸스와 보텀 일당이 연습하는 극중극 「피라무스와 티스베」의 연습 과정에서 다시 얼굴을 내민다. 로미오와 줄리엣처럼 피라무스와 티스베 또한 집안이란 벽에 막혀 사랑을 이루지 못하고 비극적인 죽음을 맞이한다. 이는 바로 허미아와 라이샌더가 당면한 처지이며 앞으로 맞이할 수도 있는 운명이다. 그러나 퀸스 일당은 이 극중극을 테세우스의 혼인 축하용으로 연습하기 때문에 피라무스와 티스베의 죽음을 있는 그대로 표현해서는 안 된다고 생각한다. 그래서 이 비극적인 이야기를 철저히 희화화한다. 연출인 퀸스는 극중극의 제목을 '피라무스와 티스베의 가장 구슬픈 코미디 그리고 가장 비참한 죽음'으로 바꿀 뿐만 아니라 피라무스 역할을 받은 보텀은 두 연인의 죽음과 관련된 폭력과 공포조차 우스개로 만든다. 그들의 이런 노력은 누가 봐도 조잡한 그들의 연기와 그들이 과장해서 걱정하는 그것의 효과 사이의 명확한 괴리 때문에 관객의 웃음을 자아낸다. 하지만 그들이 묻어 버리려는 죽음의 가능성과 그에 따르는 폭력은 앞으로 있을 네 청춘 남녀의 숲속 혼란에서 그리고 5막 1장에 있을 극중극 공연에서 다시 나타난다.

사랑하는 남녀 사이에 끼어들어 두 사람의 원만한 관계를 깨 놓는 또 하나의 방해물은 질투심이다. 이는 2막 1장에서 요정의 왕 오베론과 요정의 여왕 티타니아가 업둥이 인도 소년 하나를 두고 벌이는 감정 싸움의 원인이 된다. 그런데 오베론과 티타니아가 자연력을 내표하는 존재들이기 때문에 둘의 불화는 자연계 전체에 영향을 미쳐 모든 생명들의 생식력이 사라지고 계절이 뒤바뀌는 대혼란을 불러온다. 그리고 이 거대한 자연계의 무질서는 머지않아 숲속에서 네 청춘 남녀가 겪는 혼란의 배경으로 작용한다.

2

『한여름 밤의 꿈』에서 사랑에 빠진 연인들을 가장 괴롭히는, 질투와 폭력과 심지어는 살인의 충동까지 일으키는 최고의 훼방꾼은 큐피드(에로스)이다. 인간의 성적 본능의 외적인 의인화이자 신격화인 큐피드는 원래 인간의 오관으로는 감지할 수 없는 존재이다. 따라서 큐피드와 그의 능력은 처음에는 헬레나의 짐작으로 소개된다. 그녀는 자기를 사랑한다고 우박 맹세를 퍼붓다가 한순간 시선을 돌려 허미아를 숭배하는 드미트리우스의 변심을 이해할 수 없다. 그래서 그 원인 제공자로 큐피드를 지목한다. 날개 달린 큐피드가 드미트리우스에게 사랑의 화살을 무작위로 쏘아 그는 판단력을 잃고 자기 대신 허미아를 좋아하게 되었다고 말이다.(1.1.232~245)

이 힘은 숲속에서 오베론과 그의 대리인인 퍽에 의해 사실로 확인된다. 그것은 큐피드가 "서쪽에서 등극한/아름다운 정녀"를 겨냥해 "십만의 가슴을 꿰뚫을 듯 세차게"(2.1.157~159) 날린 화살이 목표물을 맞히지 못하고 빗나갔을 때 그것을 맞은 팬시꽃 한 송이로 형상화된다. 이렇게 이 팬지의 연원을 밝힌 오베론은 이어서, 이 꽃의 즙을 잠자는 사람의 눈꺼풀에 바르면 "눈 뜨고 처음 보는 생물에게, 남자든 여자든/미치도록 혹하게 만들 수 있단다."(2.1.171~172)라고 말한다.

팬지의 위력은 곧 여기저기에서 나타난다. 그것은 먼저 라이샌더의 눈에 콩깍지가 씌게 하여 애인인 허미아를 버리고 관심 없던 헬레나를 쫓아가도록 만들고, 요정의 여왕 티타니아로 하여금 극중극 연습차 숲속에 들어온 나귀 머리의 보텀에게 첫눈에 첫 귀에 혹하게 만들며, 헬레나를 떨쳐 내려 애쓰던 드미트리우스로 하여금 그녀를 여신으로 숭배하게 만든다. 그 결과는 심각하면서도 우스꽝스럽다. 초자연적인 존재인 티타니아가 인간 보텀, 그것도 괴물로 변신한 보텀을 서방님으로 모시는 광경이 눈앞에 펼쳐진다. 그런 한편 네 명의 청춘 남녀는 조합 가능한 모든 남녀 관계와 그에 따른 감정 표출을 보여 준다. 허미아는 헬레나가 밤중에 자기의 애인인 라이샌더의 사랑을 훔쳐 갔다고 오해하고, 헬레나는 허미아가 남자들과 공모하여 두 사람 모두 자기에게 사랑을 고백하도록 장난을 쳤다고 의심한다. 그 결과 두 여자는 서로에 대한 미움과 질투심을 드러낼 뿐만 아니라 몸싸움까지 마다하지 않는다. 그리고 연적이 된 두 남자 또한 헬레나의 사랑을 독차지하기 위해 결투까지 실행에 옮긴다. 실제로 퍽의 개입이 없었더라면 둘은 피를 보고 어느 하나가 죽을 수도 있는 지경까지 간다. 헬레나의 예언 — "사랑은 저급하고 천하며 볼품없는 것들을/가치 있는 형체로 바꿔 놓을 수 있"(1.1.232~233)는 힘이 있다. — 그리고 보텀의 현명한 말씀 — "사랑과 이성은 요즈음 거의 자리를 같이하지 않는답니다. 더욱 유감인 건 정직한 이웃들이 그들을 친구로 만들어 주지 않는다는 거지요."(3.1.136~139) — 두 가지 모두가 들어맞는 상황이 한여름 밤의 숲속에서 꿈처럼 펼쳐진다.

3

청춘 남녀들은 숲에서 벗어난 뒤에도, 즉 그들의 눈에 씌워진 콩깍지가 벗겨진 뒤에도 거기에서 벌어진 일들을 한갓 꿈으로 접어 둔 채 그 진실에 눈뜨지 못한다. 자신들의 변심과 격정을 일으킨 팬지꽃 즙이 사실은 그들의 마음속에 내재한 심리 현상의 외적인 표현물에 지나지 않는다는 사실을, 그래서 그들의 행동은 꿈이나 허구가 아니라 실제라는 사실을 전혀 눈치채지 못한다. 그 직접적인 이유는 오베론이 오직 티타니아의 시각만을 정상으로 되돌려 자신의 어리석은 행위를 바로 인식하도록 해 준 반면 라이샌더와 드미트리우스의 시각은, 앞의 것은 허미아로 되돌아가도록 착시를 풀어 주고 뒤의 것은 헬레나를 향한 착시를 유지하도록 만듦으로써 자신들의 오류를 인식하지 못하도록 했기 때문이다. 하지만 이런 신화적인 이유가 아니라 인간적인 이유는 불편한 진실을 외면하고 싶은 우리의 태도일 것이다. 만약 두 쌍의 젊은 연인들이 자신들의 숲속 행동을 똑바로 쳐다본다면 자신들의 모습은 얼마나 일그러져 있고 우스우며 창피할 것인가. 그리고 그 원인은 얼마나 불가사의할 것인가. 그것을 꿈이라고 생각하는 편이 훨씬 마음 편하고 이해하기 쉽다. 그래서 이들은 지난밤 그들이 숲속에서 겪은 일을 "먼 산이 구름이 된 것처럼/조그맣고 식별이 불가능한"(4.1.187~188) 것으로, 즉 꿈으로 받아들인다. 또한 5막에서 결혼식이 끝난 다음 퀸스 일당이 공연하는 극중극 「피라무스와 티스베」를 편안한 마음으로 농담과 비판까지 하면서 관람한다. 이 극중극에서 펼쳐지는 피라무스와 티스베의 사랑과 그 비극적인 결말이 자신들의 처지와 아무런 연관성이 없다고 생각하면서. 그 내용이 바로 부모의 반대로 아테네를 벗어나 숲속으로 도망친 허미아와 라이샌더가 맞이할 수 있었던 운명인데도 말이다.

그러므로 이런 험난한 과정을 거친 세 쌍의 결혼은 당사자들이, 특히 두 쌍의 청춘 남녀들이 그 과정에서 있었던 일에 대한 올바르고 정확한 인식이 없는 상태에서 맞은 결말이다. 그래서 퍽이 맺음말에서 얘기하듯 이들의 결혼은 관객들이 눈을 뜬 채 꿈꾸면서 바라본 허구 같은 사실일 수도 있다. 그래서 우리는 그들이 숲속의 모진 경험을 되풀이하지 않기를 희망한다. 또한 오베론의 축복(5.1.398~402)이 사실로 밝혀져 그들의 사랑이 변함없고 많은 자식들을 낳으며 사람들이 경멸하는 기형은 그들의 후손 가운데 절대 태어나지 않기를 바란다.

이번 번역은 해럴드 F. 브룩스(Harold F. Brooks) 편집의 아든(The Arden Shakespeare) 판 『한여름 밤의 꿈(A Midsummer Night's Dream)』을 기본으로 하고, G. 블레이크모어 에번스(G. Blakemore Evans) 편집의 리버사이드 셰익스피어(The Riverside Shakespeare) 판과 스탠리 웰스(Stanley Wells) 편집의 뉴펭귄(New Penguin Shakespeare) 판을 참조하였다.

작가 연보

1564년	아버지 존 셰익스피어와 어머니 메리 아든의 장남으로 스트랫퍼드어폰에이번에서 태어남. 4월 26일 세례 받음.
1582년	11월 여덟 살 연상의 앤 해서웨이와 결혼.
1583년	딸 수재너 태어남. 5월 26일 세례 받음.
1585년	아들 햄닛과 딸 주디스(쌍둥이) 태어남. 2월 2일 세례 받음.
1588 - 1589년	런던에서 최초의 극작품들이 공연됨.
1588 - 1590년	식구들을 두고 런던으로 감.
1590 - 1591년	3부작 『헨리 6세 (Henry VI)』.
1592 - 1594년	시집 『비너스와 아도니스 (Venus and Adonis)』, 『루크리스의 강간 (The Rape of Lucrece)』 출간. 두 시집 모두 사우샘프턴 백작에게 헌정. 로드 체임벌린스 멘 극단의 주주가 됨. 『리처드 3세 (Richard III)』, 『실수 희극 (The Comedy of Errors)』, 『티투스 안드로니쿠스 (Titus Andronicus)』, 『말괄량이 길들이기 (The Taming of the Shrew)』,

	『베로나의 두 신사 (The Two Gentlemen of Verona)』.
1595 - 1597년	『사랑의 수고는 수포로 (Love's Labour's Lost)』, 『존 왕 (King John)』, 『리처드 2세 (Richard II)』, 『로미오와 줄리엣 (Romeo and Juliet)』, 『한여름 밤의 꿈 (A Midsummer Night's Dream)』, 『베니스의 상인 (The Merchant of Venice)』, 『헨리 4세 1부 (Henry IV, Part 1)』, 『윈저의 즐거운 아낙네들 (The Merry Wives of Windsor)』.
1596년	아들 햄닛 사망. 부친의 문장을 사용하는 것을 허가받음.
1597년	스트랫퍼드에서 뉴 플레이스 저택 구입.
1598 - 1599년	『헨리 4세 2부 (Henry IV, Part 2)』, 『헛소문에 큰 소동 (Much Ado About Nothing)』, 『헨리 5세 (Henry V)』, 『줄리어스 시저 (Julius Caesar)』, 『좋으실 대로 (As You Like It)』. 셰익스피어의 극단이 새로운 글로브 극장으로 옮겨 감.
1600년	『햄릿 (Hamlet)』.
1601 - 1602년	시집 『불사조와 산비둘기 (The Phoenix and the Turtle)』 출간. 『십이야 (Twelfth Night, or What You Will)』,

	『트로일로스와 크레시다 (Troilus and Cressida)』, 『끝이 좋으면 다 좋다 (All's Well That Ends Well)』.
1601년	부친 사망. 9월 8일 장례.
1603년	엘리자베스 여왕 사망. 스코틀랜드의 제임스 6세가 영국의 제임스 1세가 됨. 셰익스피어의 극단이 킹스 멘이 됨.
1604년	『잣대엔 잣대로 (Measure for Measure)』, 『오셀로 (Othello)』.
1605년	『리어 왕 (King Lear)』.
1606년	『맥베스 (Macbeth)』, 『안토니와 클레오파트라 (Antony and Cleopatra)』.
1607년	6월 5일 딸 수재너 결혼.
1607 - 1608년	『코리올레이너스 (Coriolanus)』, 『아테네의 티몬 (Timon of Athens)』, 『페리클레스 (Pericles)』.
1608년	모친 사망. 9월 9일 장례.
1609 - 1610년	『심벌린 (Cymbeline)』, 『겨울 이야기 (The Winter's Tale)』. 『소네트 (Sonnets)』 출간.

셰익스피어의 극단이 블랙프라이어스 극장을 매입.

1611년	『태풍(The Tempest)』. 스트랫퍼드로 은퇴.
1612–1613년	『헨리 8세(Henry VIII)』, 『카르데니오(Cardenio)』, 『두 귀족 친척(The Two Noble Kinsman)』.
1616년	2월 10일 딸 주디스 결혼. 스트랫퍼드에서 4월 23일 사망.
1623년	글로브 극장 시절의 동료 배우 존 헤밍과 헨리 콘델 이 편집한 셰익스피어의 극작품들이 이절판으로 출 판됨. 부인 앤 해서웨이 사망.

A Midsummer Night's Dream

Characters in the Play

HERMIA
LYSANDER
HELENA
DEMETRIUS
    Four lovers

THESEUS, **duke of Athens**

HIPPOLYTA, **queen of the Amazons**

EGEUS, **father to Hermia**

PHILOSTRATE, **master of the revels to Theseus**

NICK BOTTOM, **weaver**

PETER QUINCE, **carpenter**

FRANCIS FLUTE, **bellows-mender**

TOM SNOUT, **tinker**

SNUG, **joiner**

ROBIN STARVELING, **tailor**

OBERON, **king of the Fairies**

TITANIA, **queen of the Fairies**

ROBIN GOODFELLOW, **a "puck," or hobgoblin, in Oberon's service**

A FAIRY, **in the service of Titania**

PEASEBLOSSOM
COBWEB
MOTE
MUSTARDSEED
    Fairies attending upon Titania:

Lords and Attendants on Theseus and Hippolyta

Other Fairies in the trains of Titania and Oberon

ACT 1 Scene 1

Enter Theseus, Hippolyta, and Philostrate, with others.

THESEUS   Now, fair Hippolyta, our nuptial hour
Draws on apace. Four happy days bring in
Another moon. But, O, methinks how slow
This old moon wanes! She lingers my desires
Like to a stepdame or a dowager
Long withering out a young man's revenue.

HIPPOLYTA   Four days will quickly steep themselves in night;
Four nights will quickly dream away the time;
And then the moon, like to a silver bow
New-bent in heaven, shall behold the night
Of our solemnities.

THESEUS   Go, Philostrate,
Stir up the Athenian youth to merriments.
Awake the pert and nimble spirit of mirth.
Turn melancholy forth to funerals;
The pale companion is not for our pomp.

                       [Philostrate exits.]

Hippolyta, I wooed thee with my sword
And won thy love doing thee injuries,
But I will wed thee in another key,
With pomp, with triumph, and with reveling.

            [Enter Egeus and his daughter Hermia, and
                      Lysander and Demetrius.]

EGEUS	Happy be Theseus, our renowned duke!
THESEUS	Thanks, good Egeus. What's the news with thee?
EGEUS	Full of vexation come I, with complaint

Against my child, my daughter Hermia. —
Stand forth, Demetrius. — My noble lord,
This man hath my consent to marry her. —
Stand forth, Lysander. — And, my gracious duke,
This man hath bewitched the bosom of my child. —
Thou, thou, Lysander, thou hast given her rhymes
And interchanged love tokens with my child.
Thou hast by moonlight at her window sung
With feigning voice verses of feigning love
And stol'n the impression of her fantasy
With bracelets of thy hair, rings, gauds, conceits,
Knacks, trifles, nosegays, sweetmeats — messengers
Of strong prevailment in unhardened youth.
With cunning hast thou filched my daughter's heart,
Turned her obedience (which is due to me)
To stubborn harshness. — And, my gracious duke,
Be it so she will not here before your Grace
Consent to marry with Demetrius,
I beg the ancient privilege of Athens:
As she is mine, I may dispose of her,
Which shall be either to this gentleman
Or to her death, according to our law
Immediately provided in that case.

THESEUS   What say you, Hermia? Be advised, fair maid.
To you, your father should be as a god,
One that composed your beauties, yea, and one
To whom you are but as a form in wax
By him imprinted, and within his power

To leave the figure or disfigure it.

Demetrius is a worthy gentleman.

HERMIA So is Lysander.

THESEUS In himself he is,

But in this kind, wanting your father's voice,

The other must be held the worthier.

HERMIA I would my father looked but with my eyes.

THESEUS Rather your eyes must with his judgment look.

HERMIA I do entreat your Grace to pardon me.

I know not by what power I am made bold,

Nor how it may concern my modesty

In such a presence here to plead my thoughts;

But I beseech your Grace that I may know

The worst that may befall me in this case

If I refuse to wed Demetrius.

THESEUS Either to die the death or to abjure

Forever the society of men.

Therefore, fair Hermia, question your desires,

Know of your youth, examine well your blood,

Whether (if you yield not to your father's choice)

You can endure the livery of a nun,

For aye to be in shady cloister mewed,

To live a barren sister all your life,

Chanting faint hymns to the cold fruitless moon.

Thrice-blessed they that master so their blood

To undergo such maiden pilgrimage,

But earthlier happy is the rose distilled

Than that which, withering on the virgin thorn,

Grows, lives, and dies in single blessedness.

HERMIA So will I grow, so live, so die, my lord,

Ere I will yield my virgin patent up

	Unto his Lordship whose unwished yoke
	My soul consents not to give sovereignty.
THESEUS	Take time to pause, and by the next new moon
	(The sealing day betwixt my love and me
	For everlasting bond of fellowship),
	Upon that day either prepare to die
	For disobedience to your father's will,
	Or else to wed Demetrius, as he would,
	Or on Diana's altar to protest
	For aye austerity and single life.
DEMETRIUS	Relent, sweet Hermia, and, Lysander, yield
	Thy crazed title to my certain right.
LYSANDER	You have her father's love, Demetrius.
	Let me have Hermia's. Do you marry him.
EGEUS	Scornful Lysander, true, he hath my love;
	And what is mine my love shall render him.
	And she is mine, and all my right of her
	I do estate unto Demetrius.
LYSANDER	[to Theseus]
	I am, my lord, as well derived as he,
	As well possessed. My love is more than his;
	My fortunes every way as fairly ranked
	(If not with vantage) as Demetrius';
	And (which is more than all these boasts can be)
	I am beloved of beauteous Hermia.
	Why should not I then prosecute my right?
	Demetrius, I'll avouch it to his head,
	Made love to Nedar's daughter, Helena,
	And won her soul; and she, sweet lady, dotes,
	Devoutly dotes, dotes in idolatry,
	Upon this spotted and inconstant man.

THESEUS	I must confess that I have heard so much,
	And with Demetrius thought to have spoke thereof;
	But, being overfull of self-affairs,
	My mind did lose it. — But, Demetrius, come,
	And come, Egeus; you shall go with me.
	I have some private schooling for you both. —
	For you, fair Hermia, look you arm yourself
	To fit your fancies to your father's will,
	Or else the law of Athens yields you up
	(Which by no means we may extenuate)
	To death or to a vow of single life. —
	Come, my Hippolyta. What cheer, my love? —
	Demetrius and Egeus, go along.
	I must employ you in some business
	Against our nuptial and confer with you
	Of something nearly that concerns yourselves.
EGEUS	With duty and desire we follow you.
	[All but Hermia and Lysander exit.]
LYSANDER	How now, my love? Why is your cheek so pale?
	How chance the roses there do fade so fast?
HERMIA	Belike for want of rain, which I could well
	Beteem them from the tempest of my eyes.
LYSANDER	Ay me! For aught that I could ever read,
	Could ever hear by tale or history,
	The course of true love never did run smooth.
	But either it was different in blood —
HERMIA	O cross! Too high to be enthralled to low.
LYSANDER	Or else misgraffed in respect of years —
HERMIA	O spite! Too old to be engaged to young.
LYSANDER	Or else it stood upon the choice of friends —
HERMIA	O hell, to choose love by another's eyes!

LYSANDER	Or, if there were a sympathy in choice,
	War, death, or sickness did lay siege to it,
	Making it momentany as a sound,
	Swift as a shadow, short as any dream,
	Brief as the lightning in the collied night,
	That, in a spleen, unfolds both heaven and Earth,
	And, ere a man hath power to say "Behold!"
	The jaws of darkness do devour it up.
	So quick bright things come to confusion.
HERMIA	If then true lovers have been ever crossed,
	It stands as an edict in destiny.
	Then let us teach our trial patience
	Because it is a customary cross,
	As due to love as thoughts and dreams and sighs,
	Wishes and tears, poor fancy's followers.
LYSANDER	A good persuasion. Therefore, hear me, Hermia:
	I have a widow aunt, a dowager
	Of great revenue, and she hath no child.
	From Athens is her house remote seven leagues,
	And she respects me as her only son.
	There, gentle Hermia, may I marry thee;
	And to that place the sharp Athenian law
	Cannot pursue us. If thou lovest me, then
	Steal forth thy father's house tomorrow night,
	And in the wood a league without the town
	(Where I did meet thee once with Helena
	To do observance to a morn of May),
	There will I stay for thee.
HERMIA	My good Lysander,
	I swear to thee by Cupid's strongest bow,
	By his best arrow with the golden head,

By the simplicity of Venus' doves,
By that which knitteth souls and prospers loves,
And by that fire which burned the Carthage queen
When the false Trojan under sail was seen,
By all the vows that ever men have broke
(In number more than ever women spoke),
In that same place thou hast appointed me,
Tomorrow truly will I meet with thee.

LYSANDER Keep promise, love. Look, here comes Helena.

[Enter Helena.]

HERMIA Godspeed, fair Helena. Whither away?

HELENA Call you me "fair"? That "fair" again unsay.
Demetrius loves your fair. O happy fair!
Your eyes are lodestars and your tongue's sweet air
More tunable than lark to shepherd's ear
When wheat is green, when hawthorn buds appear.
Sickness is catching. O, were favor so!
Yours would I catch, fair Hermia, ere I go.
My ear should catch your voice, my eye your eye;
My tongue should catch your tongue's sweet melody.
Were world mine, Demetrius being bated,
The rest I'd give to be to you translated.
O, teach me how you look and with what art
You sway the motion of Demetrius' heart!

HERMIA I frown upon him, yet he loves me still.

HELENA O, that your frowns would teach my smiles such skill!

HERMIA I give him curses, yet he gives me love.

HELENA O, that my prayers could such affection move!

HERMIA The more I hate, the more he follows me.

HELENA The more I love, the more he hateth me.

HERMIA His folly, Helena, is no fault of mine.

HELENA	None but your beauty. Would that fault were mine!
HERMIA	Take comfort: he no more shall see my face.
	Lysander and myself will fly this place.
	Before the time I did Lysander see
	Seemed Athens as a paradise to me.
	O, then, what graces in my love do dwell
	That he hath turned a heaven unto a hell!
LYSANDER	Helen, to you our minds we will unfold.
	Tomorrow night when Phoebe doth behold
	Her silver visage in the wat'ry glass,
	Decking with liquid pearl the bladed grass
	(A time that lovers' flights doth still conceal),
	Through Athens' gates have we devised to steal.
HERMIA	And in the wood where often you and I
	Upon faint primrose beds were wont to lie,
	Emptying our bosoms of their counsel sweet,
	There my Lysander and myself shall meet
	And thence from Athens turn away our eyes
	To seek new friends and stranger companies.
	Farewell, sweet playfellow. Pray thou for us,
	And good luck grant thee thy Demetrius. —
	Keep word, Lysander. We must starve our sight
	From lovers' food till morrow deep midnight.
LYSANDER	I will, my Hermia. [Hermia exits.]
	Helena, adieu.
	As you on him, Demetrius dote on you!
	[Lysander exits.]
HELENA	How happy some o'er other some can be!
	Through Athens I am thought as fair as she.
	But what of that? Demetrius thinks not so.
	He will not know what all but he do know.

And, as he errs, doting on Hermia's eyes,
So I, admiring of his qualities.
Things base and vile, holding no quantity,
Love can transpose to form and dignity.
Love looks not with the eyes but with the mind;
And therefore is winged Cupid painted blind.
Nor hath Love's mind of any judgment taste.
Wings, and no eyes, figure unheedy haste.
And therefore is Love said to be a child
Because in choice he is so oft beguiled.
As waggish boys in game themselves forswear,
So the boy Love is perjured everywhere.
For, ere Demetrius looked on Hermia's eyne,
He hailed down oaths that he was only mine;
And when this hail some heat from Hermia felt,
So he dissolved, and show'rs of oaths did melt.
I will go tell him of fair Hermia's flight.
Then to the wood will he tomorrow night
Pursue her. And, for this intelligence
If I have thanks, it is a dear expense.
But herein mean I to enrich my pain,
To have his sight thither and back again.

[She exits.]

ACT 1 Scene 2

Enter Quince the carpenter, and Snug the joiner, and
Bottom the weaver, and Flute the bellows-mender, and
Snout the tinker, and Starveling the tailor.

QUINCE	Is all our company here?
BOTTOM	You were best to call them generally, man by man, according to the scrip.
QUINCE	Here is the scroll of every man's name which is thought fit, through all Athens, to play in our interlude before the Duke and the Duchess on his wedding day at night.
BOTTOM	First, good Peter Quince, say what the play treats on, then read the names of the actors, and so grow to a point.
QUINCE	Marry, our play is "The most lamentable comedy and most cruel death of Pyramus and Thisbe."
BOTTOM	A very good piece of work, I assure you, and a merry. Now, good Peter Quince, call forth your actors by the scroll. Masters, spread yourselves.
QUINCE	Answer as I call you. Nick Bottom, the weaver.
BOTTOM	Ready. Name what part I am for, and proceed.
QUINCE	You, Nick Bottom, are set down for Pyramus.
BOTTOM	What is Pyramus — a lover or a tyrant?
QUINCE	A lover that kills himself most gallant for love.
BOTTOM	That will ask some tears in the true performing of it. If I do it, let the audience look to their eyes. I will move storms; I will condole in some measure. To the rest. — Yet my chief humor is for a

tyrant. I could play Ercles rarely, or a part to tear a
cat in, to make all split:

> The raging rocks
>
> And shivering shocks
>
> Shall break the locks
>
> Of prison gates.
>
> And Phibbus' car
>
> Shall shine from far
>
> And make and mar
>
> The foolish Fates.

This was lofty. Now name the rest of the players.
This is Ercles' vein, a tyrant's vein. A lover is more
condoling.

QUINCE Francis Flute, the bellows-mender.

FLUTE Here, Peter Quince.

QUINCE Flute, you must take Thisbe on you.

FLUTE What is Thisbe — a wand'ring knight?

QUINCE It is the lady that Pyramus must love.

FLUTE Nay, faith, let not me play a woman. I have a
beard coming.

QUINCE That's all one. You shall play it in a mask, and
you may speak as small as you will.

BOTTOM An I may hide my face, let me play Thisbe too.
I'll speak in a monstrous little voice: "Thisne,
Thisne!" — "Ah Pyramus, my lover dear! Thy Thisbe
dear and lady dear!"

QUINCE No, no, you must play Pyramus — and, Flute,
you Thisbe.

BOTTOM Well, proceed.

QUINCE Robin Starveling, the tailor.

STARVELING Here, Peter Quince.

QUINCE	Robin Starveling, you must play Thisbe's mother. — Tom Snout, the tinker.
SNOUT	Here, Peter Quince.
QUINCE	You, Pyramus' father. — Myself, Thisbe's father. — Snug the joiner, you the lion's part. — And I hope here is a play fitted.
SNUG	Have you the lion's part written? Pray you, if it be, give it me, for I am slow of study.
QUINCE	You may do it extempore, for it is nothing but roaring.
BOTTOM	Let me play the lion too. I will roar that I will do any man's heart good to hear me. I will roar that I will make the Duke say "Let him roar again. Let him roar again!"
QUINCE	An you should do it too terribly, you would fright the Duchess and the ladies that they would shriek, and that were enough to hang us all.
ALL	That would hang us, every mother's son.
BOTTOM	I grant you, friends, if you should fright the ladies out of their wits, they would have no more discretion but to hang us. But I will aggravate my voice so that I will roar you as gently as any sucking dove. I will roar you an 'twere any nightingale.
QUINCE	You can play no part but Pyramus, for Pyramus is a sweet-faced man, a proper man as one shall see in a summer's day, a most lovely gentlemanlike man. Therefore you must needs play Pyramus.
BOTTOM	Well, I will undertake it. What beard were I best to play it in?
QUINCE	Why, what you will.
BOTTOM	I will discharge it in either your straw-color beard, your orange-tawny beard, your purple-in-grain

beard, or your French-crown-color beard,
your perfit yellow.

QUINCE   Some of your French crowns have no hair at
all, and then you will play barefaced. But, masters,
here are your parts, [giving out the parts,] and I am
to entreat you, request you, and desire you to con
them by tomorrow night and meet me in the palace
wood, a mile without the town, by moonlight. There
will we rehearse, for if we meet in the city, we shall
be dogged with company and our devices known. In
the meantime I will draw a bill of properties such as
our play wants. I pray you fail me not.

BOTTOM   We will meet, and there we may rehearse
most obscenely and courageously. Take pains. Be
perfit. Adieu.

QUINCE   At the Duke's Oak we meet.

BOTTOM   Enough. Hold or cut bowstrings.

[They exit.]

ACT 2 Scene 1

Enter a Fairy at one door and Robin Goodfellow at
another.

ROBIN   How now, spirit? Whither wander you?

FAIRY   Over hill, over dale,
                   Thorough bush, thorough brier,
                Over park, over pale,
                   Thorough flood, thorough fire;

I do wander everywhere,

Swifter than the moon's sphere.

And I serve the Fairy Queen,

To dew her orbs upon the green.

The cowslips tall her pensioners be;

In their gold coats spots you see;

Those be rubies, fairy favors;

In those freckles live their savors.

I must go seek some dewdrops here

And hang a pearl in every cowslip's ear.

Farewell, thou lob of spirits. I'll be gone.

Our queen and all her elves come here anon.

ROBIN The King doth keep his revels here tonight.

Take heed the Queen come not within his sight,

For Oberon is passing fell and wrath

Because that she, as her attendant, hath

A lovely boy stolen from an Indian king;

She never had so sweet a changeling.

And jealous Oberon would have the child

Knight of his train, to trace the forests wild.

But she perforce withholds the loved boy,

Crowns him with flowers and makes him all her joy.

And now they never meet in grove or green,

By fountain clear or spangled starlight sheen,

But they do square, that all their elves for fear

Creep into acorn cups and hide them there.

FAIRY Either I mistake your shape and making quite,

Or else you are that shrewd and knavish sprite

Called Robin Goodfellow. Are not you he

That frights the maidens of the villagery,

Skim milk, and sometimes labor in the quern

And bootless make the breathless huswife churn,

And sometime make the drink to bear no barm,

Mislead night wanderers, laughing at their harm?

Those that "Hobgoblin" call you and "sweet Puck,"

You do their work, and they shall have good luck.

Are not you he?

ROBIN   Thou speakest aright.

I am that merry wanderer of the night.

I jest to Oberon and make him smile

When I a fat and bean-fed horse beguile,

Neighing in likeness of a filly foal.

And sometime lurk I in a gossip's bowl

In very likeness of a roasted crab,

And, when she drinks, against her lips I bob

And on her withered dewlap pour the ale.

The wisest aunt, telling the saddest tale,

Sometime for three-foot stool mistaketh me;

Then slip I from her bum, down topples she

And "Tailor!" cries and falls into a cough,

And then the whole choir hold their hips and loffe

And waxen in their mirth and neeze and swear

A merrier hour was never wasted there.

But room, fairy. Here comes Oberon.

FAIRY   And here my mistress. Would that he were gone!

[Enter Oberon the King of Fairies at one door, with his train, and Titania the Queen at another, with hers.]

OBERON   Ill met by moonlight, proud Titania.

TITANIA   What, jealous Oberon? Fairies, skip hence.

I have forsworn his bed and company.

OBERON   Tarry, rash wanton. Am not I thy lord?

TITANIA   Then I must be thy lady. But I know

When thou hast stolen away from Fairyland
And in the shape of Corin sat all day
Playing on pipes of corn and versing love
To amorous Phillida. Why art thou here,
Come from the farthest steep of India,
But that, forsooth, the bouncing Amazon,
Your buskined mistress and your warrior love,
To Theseus must be wedded, and you come
To give their bed joy and prosperity?

OBERON   How canst thou thus for shame, Titania,
Glance at my credit with Hippolyta,
Knowing I know thy love to Theseus?
Didst not thou lead him through the glimmering night
From Perigouna, whom he ravished,
And make him with fair Aegles break his faith,
With Ariadne and Antiopa?

TITANIA   These are the forgeries of jealousy;
And never, since the middle summer's spring,
Met we on hill, in dale, forest, or mead,
By paved fountain or by rushy brook,
Or in the beached margent of the sea,
To dance our ringlets to the whistling wind,
But with thy brawls thou hast disturbed our sport.
Therefore the winds, piping to us in vain,
As in revenge have sucked up from the sea
Contagious fogs, which, falling in the land,
Hath every pelting river made so proud
That they have overborne their continents.
The ox hath therefore stretched his yoke in vain,
The plowman lost his sweat, and the green corn
Hath rotted ere his youth attained a beard.

The fold stands empty in the drowned field,
And crows are fatted with the murrain flock.
The nine-men's-morris is filled up with mud,
And the quaint mazes in the wanton green,
For lack of tread, are undistinguishable.
The human mortals want their winter here.
No night is now with hymn or carol blessed.
Therefore the moon, the governess of floods,
Pale in her anger, washes all the air,
That rheumatic diseases do abound.
And thorough this distemperature we see
The seasons alter: hoary-headed frosts
Fall in the fresh lap of the crimson rose,
And on old Hiems' thin and icy crown
An odorous chaplet of sweet summer buds
Is, as in mockery, set. The spring, the summer,
The childing autumn, angry winter, change
Their wonted liveries, and the mazed world
By their increase now knows not which is which.
And this same progeny of evils comes
From our debate, from our dissension;
We are their parents and original.

OBERON   Do you amend it, then. It lies in you.
Why should Titania cross her Oberon?
I do but beg a little changeling boy
To be my henchman.

TITANIA   Set your heart at rest:
The Fairyland buys not the child of me.
His mother was a vot'ress of my order,
And in the spiced Indian air by night
Full often hath she gossiped by my side

And sat with me on Neptune's yellow sands,

Marking th' embarked traders on the flood,

When we have laughed to see the sails conceive

And grow big-bellied with the wanton wind;

Which she, with pretty and with swimming gait,

Following (her womb then rich with my young

squire),

Would imitate and sail upon the land

To fetch me trifles and return again,

As from a voyage, rich with merchandise.

But she, being mortal, of that boy did die,

And for her sake do I rear up her boy,

And for her sake I will not part with him.

OBERON   How long within this wood intend you stay?

TITANIA   Perchance till after Theseus' wedding day.

If you will patiently dance in our round

And see our moonlight revels, go with us.

If not, shun me, and I will spare your haunts.

OBERON   Give me that boy and I will go with thee.

TITANIA   Not for thy fairy kingdom. Fairies, away.

We shall chide downright if I longer stay.

[Titania and her fairies exit.]

OBERON   Well, go thy way. Thou shalt not from this grove

Till I torment thee for this injury. —

My gentle Puck, come hither. Thou rememb'rest

Since once I sat upon a promontory

And heard a mermaid on a dolphin's back

Uttering such dulcet and harmonious breath

That the rude sea grew civil at her song

And certain stars shot madly from their spheres

To hear the sea-maid's music.

ROBIN	I remember.
OBERON	That very time I saw (but thou couldst not),
	Flying between the cold moon and the Earth,
	Cupid all armed. A certain aim he took
	At a fair vestal throned by the west,
	And loosed his love-shaft smartly from his bow
	As it should pierce a hundred thousand hearts.
	But I might see young Cupid's fiery shaft
	Quenched in the chaste beams of the wat'ry moon,
	And the imperial vot'ress passed on
	In maiden meditation, fancy-free.
	Yet marked I where the bolt of Cupid fell.
	It fell upon a little western flower,
	Before, milk-white, now purple with love's wound,
	And maidens call it "love-in-idleness."
	Fetch me that flower; the herb I showed thee once.
	The juice of it on sleeping eyelids laid
	Will make or man or woman madly dote
	Upon the next live creature that it sees.
	Fetch me this herb, and be thou here again
	Ere the leviathan can swim a league.
ROBIN	I'll put a girdle round about the Earth
	In forty minutes. [He exits.]
OBERON	Having once this juice,
	I'll watch Titania when she is asleep
	And drop the liquor of it in her eyes.
	The next thing then she, waking, looks upon
	(Be it on lion, bear, or wolf, or bull,
	On meddling monkey, or on busy ape)
	She shall pursue it with the soul of love.
	And ere I take this charm from off her sight

(As I can take it with another herb),

I'll make her render up her page to me.

But who comes here? I am invisible,

And I will overhear their conference.

[Enter Demetrius, Helena following him.]

DEMETRIUS I love thee not; therefore pursue me not.

Where is Lysander and fair Hermia?

The one I'll stay; the other stayeth me.

Thou told'st me they were stol'n unto this wood,

And here am I, and wood within this wood

Because I cannot meet my Hermia.

Hence, get thee gone, and follow me no more.

HELENA You draw me, you hard-hearted adamant!

But yet you draw not iron, for my heart

Is true as steel. Leave you your power to draw,

And I shall have no power to follow you.

DEMETRIUS Do I entice you? Do I speak you fair?

Or rather do I not in plainest truth

Tell you I do not, nor I cannot love you?

HELENA And even for that do I love you the more.

I am your spaniel, and, Demetrius,

The more you beat me I will fawn on you.

Use me but as your spaniel: spurn me, strike me,

Neglect me, lose me; only give me leave

(Unworthy as I am) to follow you.

What worser place can I beg in your love

(And yet a place of high respect with me)

Than to be used as you use your dog?

DEMETRIUS Tempt not too much the hatred of my spirit,

For I am sick when I do look on thee.

HELENA And I am sick when I look not on you.

DEMETRIUS   You do impeach your modesty too much
             To leave the city and commit yourself
             Into the hands of one that loves you not,
             To trust the opportunity of night
             And the ill counsel of a desert place
             With the rich worth of your virginity.

HELENA   Your virtue is my privilege. For that
             It is not night when I do see your face,
             Therefore I think I am not in the night.
             Nor doth this wood lack worlds of company,
             For you, in my respect, are all the world.
             Then, how can it be said I am alone
             When all the world is here to look on me?

DEMETRIUS   I'll run from thee and hide me in the brakes
             And leave thee to the mercy of wild beasts.

HELENA   The wildest hath not such a heart as you.
             Run when you will. The story shall be changed:
             Apollo flies and Daphne holds the chase;
             The dove pursues the griffin; the mild hind
             Makes speed to catch the tiger. Bootless speed
             When cowardice pursues and valor flies!

DEMETRIUS   I will not stay thy questions. Let me go,
             Or if thou follow me, do not believe
             But I shall do thee mischief in the wood.

HELENA   Ay, in the temple, in the town, the field,
             You do me mischief. Fie, Demetrius!
             Your wrongs do set a scandal on my sex.
             We cannot fight for love as men may do.
             We should be wooed and were not made to woo.

                                    [Demetrius exits.]

             I'll follow thee and make a heaven of hell

131

	To die upon the hand I love so well. [Helena exits.]
OBERON	Fare thee well, nymph. Ere he do leave this grove,
	Thou shalt fly him, and he shall seek thy love.

[Enter Robin.]

Hast thou the flower there? Welcome, wanderer.

ROBIN   Ay, there it is.

OBERON   I pray thee give it me.

[Robin gives him the flower.]

I know a bank where the wild thyme blows,
Where oxlips and the nodding violet grows,
Quite overcanopied with luscious woodbine,
With sweet muskroses, and with eglantine.
There sleeps Titania sometime of the night,
Lulled in these flowers with dances and delight.
And there the snake throws her enameled skin,
Weed wide enough to wrap a fairy in.
And with the juice of this I'll streak her eyes
And make her full of hateful fantasies.
Take thou some of it, and seek through this grove.

[He gives Robin part of the flower.]

A sweet Athenian lady is in love
With a disdainful youth. Anoint his eyes,
But do it when the next thing he espies
May be the lady. Thou shalt know the man
By the Athenian garments he hath on.
Effect it with some care, that he may prove
More fond on her than she upon her love.
And look thou meet me ere the first cock crow.

ROBIN   Fear not, my lord. Your servant shall do so.

[They exit.]

ACT 2 Scene 2

Enter Titania, Queen of Fairies, with her train.

TITANIA   Come, now a roundel and a fairy song;
Then, for the third part of a minute, hence —
Some to kill cankers in the muskrose buds,
Some war with reremice for their leathern wings
To make my small elves coats, and some keep back
The clamorous owl that nightly hoots and wonders
At our quaint spirits. Sing me now asleep.
Then to your offices and let me rest.

                                             [She lies down.]

                                             [Fairies sing.]

FIRST FAIRY   You spotted snakes with double tongue,
         Thorny hedgehogs, be not seen.
     Newts and blindworms, do no wrong,
         Come not near our Fairy Queen.

CHORUS   Philomel, with melody
         Sing in our sweet lullaby.
     Lulla, lulla, lullaby, lulla, lulla, lullaby.
         Never harm
         Nor spell nor charm
     Come our lovely lady nigh.
     So good night, with lullaby.

FIRST FAIRY   Weaving spiders, come not here.
         Hence, you long-legged spinners, hence.
     Beetles black, approach not near.
         Worm nor snail, do no offence.

CHORUS   Philomel, with melody

Sing in our sweet lullaby.

Lulla, lulla, lullaby, lulla, lulla, lullaby.

Never harm

Nor spell nor charm

Come our lovely lady nigh.

So good night, with lullaby.

[Titania sleeps.]

SECOND FAIRY   Hence, away! Now all is well.

One aloof stand sentinel.   [Fairies exit.]

[Enter Oberon, who anoints Titania's eyelids

with the nectar.]

OBERON   What thou seest when thou dost wake

Do it for thy true love take.

Love and languish for his sake.

Be it ounce, or cat, or bear,

Pard, or boar with bristled hair,

In thy eye that shall appear

When thou wak'st, it is thy dear.

Wake when some vile thing is near.

[He exits.]

[Enter Lysander and Hermia.]

LYSANDER   Fair love, you faint with wand'ring in the wood.

And, to speak troth, I have forgot our way.

We'll rest us, Hermia, if you think it good,

And tarry for the comfort of the day.

HERMIA   Be it so, Lysander. Find you out a bed,

For I upon this bank will rest my head.

LYSANDER   One turf shall serve as pillow for us both;

One heart, one bed, two bosoms, and one troth.

HERMIA   Nay, good Lysander. For my sake, my dear,

Lie further off yet. Do not lie so near.

LYSANDER	O, take the sense, sweet, of my innocence!
	Love takes the meaning in love's conference.
	I mean that my heart unto yours is knit,
	So that but one heart we can make of it;
	Two bosoms interchained with an oath —
	So then two bosoms and a single troth.
	Then by your side no bed-room me deny,
	For lying so, Hermia, I do not lie.
HERMIA	Lysander riddles very prettily.
	Now much beshrew my manners and my pride
	If Hermia meant to say Lysander lied.
	But, gentle friend, for love and courtesy,
	Lie further off in human modesty.
	Such separation, as may well be said,
	Becomes a virtuous bachelor and a maid.
	So far be distant; and good night, sweet friend.
	Thy love ne'er alter till thy sweet life end!
LYSANDER	"Amen, amen" to that fair prayer, say I,
	And then end life when I end loyalty!
	Here is my bed. Sleep give thee all his rest!
HERMIA	With half that wish the wisher's eyes be pressed!

[They sleep.]

[Enter Robin.]

ROBIN	Through the forest have I gone,
	But Athenian found I none
	On whose eyes I might approve
	This flower's force in stirring love.

[He sees Lysander.]

Night and silence! Who is here?
Weeds of Athens he doth wear.
This is he my master said

Despised the Athenian maid.
And here the maiden, sleeping sound
On the dank and dirty ground.
Pretty soul, she durst not lie
Near this lack-love, this kill-courtesy. —
Churl, upon thy eyes I throw
All the power this charm doth owe.

[He anoints Lysander's eyelids
with the nectar.]

When thou wak'st, let love forbid
Sleep his seat on thy eyelid.
So, awake when I am gone,
For I must now to Oberon. [He exits.]

[Enter Demetrius and Helena, running.]

HELENA Stay, though thou kill me, sweet Demetrius.
DEMETRIUS I charge thee, hence, and do not haunt me thus.
HELENA O, wilt thou darkling leave me? Do not so.
DEMETRIUS Stay, on thy peril. I alone will go. [Demetrius exits.]
HELENA O, I am out of breath in this fond chase.
The more my prayer, the lesser is my grace.
Happy is Hermia, wheresoe'er she lies,
For she hath blessed and attractive eyes.
How came her eyes so bright? Not with salt tears.
If so, my eyes are oftener washed than hers.
No, no, I am as ugly as a bear,
For beasts that meet me run away for fear.
Therefore no marvel though Demetrius
Do as a monster fly my presence thus.
What wicked and dissembling glass of mine
Made me compare with Hermia's sphery eyne?
But who is here? Lysander, on the ground!

Dead or asleep? I see no blood, no wound. —
Lysander, if you live, good sir, awake.

LYSANDER [waking up]
And run through fire I will for thy sweet sake.
Transparent Helena! Nature shows art,
That through thy bosom makes me see thy heart.
Where is Demetrius? O, how fit a word
Is that vile name to perish on my sword!

HELENA Do not say so. Lysander, say not so.
What though he love your Hermia? Lord, what though?
Yet Hermia still loves you. Then be content.

LYSANDER Content with Hermia? No, I do repent
The tedious minutes I with her have spent.
Not Hermia, but Helena I love.
Who will not change a raven for a dove?
The will of man is by his reason swayed,
And reason says you are the worthier maid.
Things growing are not ripe until their season;
So I, being young, till now ripe not to reason.
And touching now the point of human skill,
Reason becomes the marshal to my will
And leads me to your eyes, where I o'erlook
Love's stories written in love's richest book.

HELENA Wherefore was I to this keen mockery born?
When at your hands did I deserve this scorn?
Is 't not enough, is 't not enough, young man,
That I did never, no, nor never can
Deserve a sweet look from Demetrius' eye,
But you must flout my insufficiency?
Good troth, you do me wrong, good sooth, you do,
In such disdainful manner me to woo.

But fare you well. Perforce I must confess
I thought you lord of more true gentleness.
O, that a lady of one man refused
Should of another therefore be abused! [She exits.]

LYSANDER She sees not Hermia. — Hermia, sleep thou there,
And never mayst thou come Lysander near.
For, as a surfeit of the sweetest things
The deepest loathing to the stomach brings,
Or as the heresies that men do leave
Are hated most of those they did deceive,
So thou, my surfeit and my heresy,
Of all be hated, but the most of me!
And, all my powers, address your love and might
To honor Helen and to be her knight.   [He exits.]

HERMIA [waking up]
Help me, Lysander, help me! Do thy best
To pluck this crawling serpent from my breast.
Ay me, for pity! What a dream was here!
Lysander, look how I do quake with fear.
Methought a serpent ate my heart away,
And you sat smiling at his cruel prey.
Lysander! What, removed? Lysander, lord!
What, out of hearing? Gone? No sound, no word?
Alack, where are you? Speak, an if you hear.
Speak, of all loves! I swoon almost with fear. —
No? Then I well perceive you are not nigh.
Either death or you I'll find immediately.

[She exits.]

With Titania still asleep onstage, enter the Clowns,
Bottom, Quince, Snout, Starveling, Snug, and Flute.

BOTTOM   Are we all met?

QUINCE   Pat, pat. And here's a marvels convenient place for
our rehearsal. This green plot shall be our stage,
this hawthorn brake our tiring-house, and we will
do it in action as we will do it before the Duke.

BOTTOM   Peter Quince?

QUINCE   What sayest thou, bully Bottom?

BOTTOM   There are things in this comedy of Pyramus
and Thisbe that will never please. First, Pyramus
must draw a sword to kill himself, which the ladies
cannot abide. How answer you that?

SNOUT   By 'r lakin, a parlous fear.

STARVELING I believe we must leave the killing out,
when all is done.

BOTTOM   Not a whit! I have a device to make all well. Write me
a prologue, and let the prologue seem to say we will
do no harm with our swords and that Pyramus is not
killed indeed. And, for the more better assurance,
tell them that I, Pyramus, am not Pyramus, but
Bottom the weaver. This will put them out of fear.

QUINCE   Well, we will have such a prologue, and it shall
be written in eight and six.

BOTTOM   No, make it two more. Let it be written in
eight and eight.

SNOUT   Will not the ladies be afeard of the lion?

STARVELING	I fear it, I promise you.
BOTTOM	Masters, you ought to consider with yourself, to bring in (God shield us!) a lion among ladies is a most dreadful thing. For there is not a more fearful wildfowl than your lion living, and we ought to look to 't.
SNOUT	Therefore another prologue must tell he is not a lion.
BOTTOM	Nay, you must name his name, and half his face must be seen through the lion's neck, and he himself must speak through, saying thus, or to the same defect: "Ladies," or "Fair ladies, I would wish you," or "I would request you," or "I would entreat you not to fear, not to tremble! My life for yours. If you think I come hither as a lion, it were pity of my life. No, I am no such thing. I am a man as other men are." And there indeed let him name his name and tell them plainly he is Snug the joiner.
QUINCE	Well, it shall be so. But there is two hard things: that is, to bring the moonlight into a chamber, for you know Pyramus and Thisbe meet by moonlight.
SNOUT	Doth the moon shine that night we play our play?
BOTTOM	A calendar, a calendar! Look in the almanac. Find out moonshine, find out moonshine.
	[Quince takes out a book.]
QUINCE	Yes, it doth shine that night.
BOTTOM	Why, then, may you leave a casement of the great chamber window, where we play, open, and the moon may shine in at the casement.
QUINCE	Ay, or else one must come in with a bush of thorns and a lantern and say he comes to disfigure or to present the person of Moonshine. Then there is another thing: we must have a wall in the great

chamber, for Pyramus and Thisbe, says the story,
did talk through the chink of a wall.

SNOUT You can never bring in a wall. What say you, Bottom?

BOTTOM Some man or other must present Wall. And
let him have some plaster, or some loam, or some
roughcast about him to signify wall, or let him
hold his fingers thus, and through that cranny shall
Pyramus and Thisbe whisper.

QUINCE If that may be, then all is well. Come, sit down, every
mother's son, and rehearse your parts. Pyramus, you
begin. When you have spoken your speech, enter into
that brake, and so everyone according to his cue.

[Enter Robin invisible to those onstage.]

ROBIN [aside]
What hempen homespuns have we swagg'ring here
So near the cradle of the Fairy Queen?
What, a play toward? I'll be an auditor —
An actor too perhaps, if I see cause.

QUINCE Speak, Pyramus. — Thisbe, stand forth.

BOTTOM [as Pyramus] Thisbe, the flowers of odious savors sweet —

QUINCE Odors, odors!

BOTTOM [as Pyramus] ...odors savors sweet.
So hath thy breath, my dearest Thisbe dear. —
But hark, a voice! Stay thou but here awhile,
And by and by I will to thee appear.

[He exits.]

ROBIN [aside] A stranger Pyramus than e'er played here.

[He exits.]

FLUTE Must I speak now?

QUINCE Ay, marry, must you, for you must understand he goes
but to see a noise that he heard and is to come again.

FLUTE [as Thisbe]

Most radiant Pyramus, most lily-white of hue,

Of color like the red rose on triumphant brier,

Most brisky juvenal and eke most lovely Jew,

As true as truest horse, that yet would never tire.

I'll meet thee, Pyramus, at Ninny's tomb.

QUINCE "Ninus' tomb," man! Why, you must not speak that yet. That you answer to Pyramus. You speak all your part at once, cues and all. — Pyramus, enter. Your cue is past. It is "never tire."

FLUTE O!

[As Thisbe.]

As true as truest horse, that yet would never tire.

[Enter Robin, and Bottom as Pyramus with the ass-head.]

BOTTOM [as Pyramus]

If I were fair, fair Thisbe, I were only thine.

QUINCE O monstrous! O strange! We are haunted. Pray, masters, fly, masters! Help!

[Quince, Flute, Snout, Snug, and Starveling exit.]

ROBIN I'll follow you. I'll lead you about a round, Through bog, through bush, through brake, through brier.

Sometime a horse I'll be, sometime a hound,

A hog, a headless bear, sometime a fire,

And neigh and bark and grunt and roar and burn,

Like horse, hound, hog, bear, fire, at every turn.

[He exits.]

BOTTOM Why do they run away? This is a knavery of them to make me afeard.

[Enter Snout.]

SNOUT O Bottom, thou art changed! What do I see on thee?

BOTTOM   What do you see? You see an ass-head of your own,
         do you?   [Snout exits.]
                                          [Enter Quince.]
QUINCE   Bless thee, Bottom, bless thee! Thou art translated!
                                              [He exits.]
BOTTOM   I see their knavery. This is to make an ass of me, to
         fright me, if they could. But I will not stir from this
         place, do what they can. I will walk up and down here,
         and I will sing, that they shall hear I am not afraid.
                                              [He sings.]

         The ouzel cock, so black of hue,
                 With orange-tawny bill,
             The throstle with his note so true,
                 The wren with little quill —

TITANIA [waking up]
         What angel wakes me from my flow'ry bed?
BOTTOM   [sings] The finch, the sparrow, and the lark,
                 The plainsong cuckoo gray,
             Whose note full many a man doth mark
                 And dares not answer "nay" —
         for, indeed, who would set his wit to so foolish a
         bird? Who would give a bird the lie though he cry
         "cuckoo" never so?
TITANIA I pray thee, gentle mortal, sing again.
         Mine ear is much enamored of thy note,
         So is mine eye enthralled to thy shape,
         And thy fair virtue's force perforce doth move me
         On the first view to say, to swear, I love thee.
BOTTOM   Methinks, mistress, you should have little
         reason for that. And yet, to say the truth, reason
         and love keep little company together nowadays.

143

	The more the pity that some honest neighbors will
	not make them friends. Nay, I can gleek upon occasion.
TITANIA	Thou art as wise as thou art beautiful.
BOTTOM	Not so neither; but if I had wit enough to get
	out of this wood, I have enough to serve mine own turn.
TITANIA	Out of this wood do not desire to go.
	Thou shalt remain here whether thou wilt or no.
	I am a spirit of no common rate.
	The summer still doth tend upon my state,
	And I do love thee. Therefore go with me.
	I'll give thee fairies to attend on thee,
	And they shall fetch thee jewels from the deep
	And sing while thou on pressed flowers dost sleep.
	And I will purge thy mortal grossness so
	That thou shalt like an airy spirit go. —
	Peaseblossom, Cobweb, Mote, and Mustardseed!

[Enter four Fairies: Peaseblossom, Cobweb,
Mote, and Mustardseed.]

PEASEBLOSSOM	Ready.
COBWEB	And I.
MOTE	And I.
MUSTARDSEED	And I.
ALL	Where shall we go?
TITANIA	Be kind and courteous to this gentleman.
	Hop in his walks and gambol in his eyes;
	Feed him with apricocks and dewberries,
	With purple grapes, green figs, and mulberries;
	The honey-bags steal from the humble-bees,
	And for night-tapers crop their waxen thighs
	And light them at the fiery glowworms' eyes
	To have my love to bed and to arise;

And pluck the wings from painted butterflies

To fan the moonbeams from his sleeping eyes.

Nod to him, elves, and do him courtesies.

PEASEBLOSSOM　Hail, mortal!

COBWEB　Hail!

MOTE　Hail!

MUSTARDSEED　Hail!

BOTTOM　I cry your Worships mercy, heartily. — I beseech
your Worship's name.

COBWEB　Cobweb.

BOTTOM　I shall desire you of more acquaintance, good
Master Cobweb. If I cut my finger, I shall make
bold with you. — Your name, honest gentleman?

PEASEBLOSSOM　Peaseblossom.

BOTTOM　I pray you, commend me to Mistress Squash, your
mother, and to Master Peascod, your father. Good
Master Peaseblossom, I shall desire you of more
acquaintance too. — Your name, I beseech you, sir?

MUSTARDSEED　Mustardseed.

BOTTOM　Good Master Mustardseed, I know your patience
well. That same cowardly, giantlike ox-beef
hath devoured many a gentleman of your house. I
promise you, your kindred hath made my eyes
water ere now. I desire you of more acquaintance,
good Master Mustardseed.

TITANIA　Come, wait upon him. Lead him to my bower.

The moon, methinks, looks with a wat'ry eye,

And when she weeps, weeps every little flower,

Lamenting some enforced chastity.

Tie up my lover's tongue. Bring him silently.

[They exit.]

ACT 3 Scene 2

Enter Oberon, King of Fairies.

OBERON   I wonder if Titania be awaked;

Then what it was that next came in her eye,

Which she must dote on in extremity.

[Enter Robin Goodfellow.]

Here comes my messenger. How now, mad spirit?

What night-rule now about this haunted grove?

ROBIN   My mistress with a monster is in love.

Near to her close and consecrated bower,

While she was in her dull and sleeping hour,

A crew of patches, rude mechanicals,

That work for bread upon Athenian stalls,

Were met together to rehearse a play

Intended for great Theseus' nuptial day.

The shallowest thick-skin of that barren sort,

Who Pyramus presented in their sport,

Forsook his scene and entered in a brake.

When I did him at this advantage take,

An ass's noll I fixed on his head.

Anon his Thisbe must be answered,

And forth my mimic comes. When they him spy,

As wild geese that the creeping fowler eye,

Or russet-pated choughs, many in sort,

Rising and cawing at the gun's report,

Sever themselves and madly sweep the sky,

So at his sight away his fellows fly,

And, at our stamp, here o'er and o'er one falls.

He "Murder" cries and help from Athens calls.

Their sense thus weak, lost with their fears thus strong,

Made senseless things begin to do them wrong;

For briers and thorns at their apparel snatch,

Some sleeves, some hats, from yielders all things catch.

I led them on in this distracted fear

And left sweet Pyramus translated there.

When in that moment, so it came to pass,

Titania waked and straightway loved an ass.

OBERON   This falls out better than I could devise.

But hast thou yet latched the Athenian's eyes

With the love juice, as I did bid thee do?

ROBIN   I took him sleeping — that is finished, too —

And the Athenian woman by his side,

That, when he waked, of force she must be eyed.

[Enter Demetrius and Hermia.]

OBERON   Stand close. This is the same Athenian.

ROBIN   This is the woman, but not this the man.

[They step aside.]

DEMETRIUS   O, why rebuke you him that loves you so?

Lay breath so bitter on your bitter foe!

HERMIA   Now I but chide, but I should use thee worse,

For thou, I fear, hast given me cause to curse.

If thou hast slain Lysander in his sleep,

Being o'er shoes in blood, plunge in the deep

And kill me too.

The sun was not so true unto the day

As he to me. Would he have stolen away

From sleeping Hermia? I'll believe as soon

This whole Earth may be bored, and that the moon

May through the center creep and so displease

	Her brother's noontide with th' Antipodes.
	It cannot be but thou hast murdered him.
	So should a murderer look, so dead, so grim.
DEMETRIUS	So should the murdered look, and so should I,
	Pierced through the heart with your stern cruelty.
	Yet you, the murderer, look as bright, as clear,
	As yonder Venus in her glimmering sphere.
HERMIA	What's this to my Lysander? Where is he?
	Ah, good Demetrius, wilt thou give him me?
DEMETRIUS	I had rather give his carcass to my hounds.
HERMIA	Out, dog! Out, cur! Thou driv'st me past the bounds
	Of maiden's patience. Hast thou slain him, then?
	Henceforth be never numbered among men.
	O, once tell true! Tell true, even for my sake!
	Durst thou have looked upon him, being awake?
	And hast thou killed him sleeping? O brave touch!
	Could not a worm, an adder, do so much?
	An adder did it, for with doubler tongue
	Than thine, thou serpent, never adder stung.
DEMETRIUS	You spend your passion on a misprised mood.
	I am not guilty of Lysander's blood,
	Nor is he dead, for aught that I can tell.
HERMIA	I pray thee, tell me then that he is well.
DEMETRIUS	An if I could, what should I get therefor?
HERMIA	A privilege never to see me more.
	And from thy hated presence part I so.
	See me no more, whether he be dead or no.

[She exits.]

DEMETRIUS	There is no following her in this fierce vein.
	Here, therefore, for a while I will remain.
	So sorrow's heaviness doth heavier grow

For debt that bankrout sleep doth sorrow owe,

Which now in some slight measure it will pay,

If for his tender here I make some stay.

                    [He lies down and falls asleep.]

OBERON   [to Robin]

What hast thou done? Thou hast mistaken quite

And laid the love juice on some true-love's sight.

Of thy misprision must perforce ensue

Some true-love turned, and not a false turned true.

ROBIN   Then fate o'errules, that, one man holding troth,

A million fail, confounding oath on oath.

OBERON   About the wood go swifter than the wind,

And Helena of Athens look thou find.

All fancy-sick she is and pale of cheer

With sighs of love that costs the fresh blood dear.

By some illusion see thou bring her here.

I'll charm his eyes against she do appear.

ROBIN   I go, I go, look how I go,

Swifter than arrow from the Tartar's bow.

                           [He exits.]

OBERON   [applying the nectar to Demetrius' eyes]

        Flower of this purple dye,

        Hit with Cupid's archery,

        Sink in apple of his eye.

        When his love he doth espy,

        Let her shine as gloriously

        As the Venus of the sky. —

        When thou wak'st, if she be by,

        Beg of her for remedy.

                        [Enter Robin.]

ROBIN   Captain of our fairy band,

Helena is here at hand,

And the youth, mistook by me,

Pleading for a lover's fee.

Shall we their fond pageant see?

Lord, what fools these mortals be!

OBERON   Stand aside. The noise they make

Will cause Demetrius to awake.

ROBIN   Then will two at once woo one.

That must needs be sport alone.

And those things do best please me

That befall prepost'rously.

[They step aside.]

[Enter Lysander and Helena.]

LYSANDER   Why should you think that I should woo in scorn?

Scorn and derision never come in tears.

Look when I vow, I weep; and vows so born,

In their nativity all truth appears.

How can these things in me seem scorn to you,

Bearing the badge of faith to prove them true?

HELENA   You do advance your cunning more and more.

When truth kills truth, O devilish holy fray!

These vows are Hermia's. Will you give her o'er?

Weigh oath with oath and you will nothing weigh.

Your vows to her and me, put in two scales,

Will even weigh, and both as light as tales.

LYSANDER   I had no judgment when to her I swore.

HELENA   Nor none, in my mind, now you give her o'er.

LYSANDER   Demetrius loves her, and he loves not you.

DEMETRIUS   [waking up]

O Helen, goddess, nymph, perfect, divine!

To what, my love, shall I compare thine eyne?

Crystal is muddy. O, how ripe in show
Thy lips, those kissing cherries, tempting grow!
That pure congealed white, high Taurus' snow,
Fanned with the eastern wind, turns to a crow
When thou hold'st up thy hand. O, let me kiss
This princess of pure white, this seal of bliss!

HELENA   O spite! O hell! I see you all are bent
To set against me for your merriment.
If you were civil and knew courtesy,
You would not do me thus much injury.
Can you not hate me, as I know you do,
But you must join in souls to mock me too?
If you were men, as men you are in show,
You would not use a gentle lady so,
To vow and swear and superpraise my parts,
When, I am sure, you hate me with your hearts.
You both are rivals and love Hermia,
And now both rivals to mock Helena.
A trim exploit, a manly enterprise,
To conjure tears up in a poor maid's eyes
With your derision! None of noble sort
Would so offend a virgin and extort
A poor soul's patience, all to make you sport.

LYSANDER   You are unkind, Demetrius. Be not so,
For you love Hermia; this you know I know.
And here with all goodwill, with all my heart,
In Hermia's love I yield you up my part.
And yours of Helena to me bequeath,
Whom I do love and will do till my death.

HELENA   Never did mockers waste more idle breath.

DEMETRIUS   Lysander, keep thy Hermia. I will none.

If e'er I loved her, all that love is gone.

My heart to her but as guest-wise sojourned,

And now to Helen is it home returned,

There to remain.

LYSANDER Helen, it is not so.

DEMETRIUS Disparage not the faith thou dost not know,

Lest to thy peril thou aby it dear.

Look where thy love comes. Yonder is thy dear.

[Enter Hermia.]

HERMIA [to Lysander]

Dark night, that from the eye his function takes,

The ear more quick of apprehension makes;

Wherein it doth impair the seeing sense,

It pays the hearing double recompense.

Thou art not by mine eye, Lysander, found;

Mine ear, I thank it, brought me to thy sound.

But why unkindly didst thou leave me so?

LYSANDER Why should he stay whom love doth press to go?

HERMIA What love could press Lysander from my side?

LYSANDER Lysander's love, that would not let him bide,

Fair Helena, who more engilds the night

Than all yon fiery oes and eyes of light.

Why seek'st thou me? Could not this make thee know

The hate I bear thee made me leave thee so?

HERMIA You speak not as you think. It cannot be.

HELENA Lo, she is one of this confederacy!

Now I perceive they have conjoined all three

To fashion this false sport in spite of me. —

Injurious Hermia, most ungrateful maid,

Have you conspired, have you with these contrived,

To bait me with this foul derision?

Is all the counsel that we two have shared,
The sisters' vows, the hours that we have spent
When we have chid the hasty-footed time
For parting us — O, is all forgot?
All schooldays' friendship, childhood innocence?
We, Hermia, like two artificial gods,
Have with our needles created both one flower,
Both on one sampler, sitting on one cushion,
Both warbling of one song, both in one key,
As if our hands, our sides, voices, and minds
Had been incorporate. So we grew together
Like to a double cherry, seeming parted,
But yet an union in partition,
Two lovely berries molded on one stem;
So with two seeming bodies but one heart,
Two of the first, like coats in heraldry,
Due but to one, and crowned with one crest.
And will you rent our ancient love asunder,
To join with men in scorning your poor friend?
It is not friendly; 'tis not maidenly.
Our sex, as well as I, may chide you for it,
Though I alone do feel the injury.

HERMIA   I am amazed at your words.
         I scorn you not. It seems that you scorn me.

HELENA   Have you not set Lysander, as in scorn,
         To follow me and praise my eyes and face,
         And made your other love, Demetrius,
         Who even but now did spurn me with his foot,
         To call me goddess, nymph, divine and rare,
         Precious, celestial? Wherefore speaks he this
         To her he hates? And wherefore doth Lysander

	Deny your love (so rich within his soul)
	And tender me, forsooth, affection,
	But by your setting on, by your consent?
	What though I be not so in grace as you,
	So hung upon with love, so fortunate,
	But miserable most, to love unloved?
	This you should pity rather than despise.
HERMIA	I understand not what you mean by this.
HELENA	Ay, do. Persever, counterfeit sad looks,
	Make mouths upon me when I turn my back,
	Wink each at other, hold the sweet jest up.
	This sport, well carried, shall be chronicled.
	If you have any pity, grace, or manners,
	You would not make me such an argument.
	But fare you well. 'Tis partly my own fault,
	Which death or absence soon shall remedy.
LYSANDER	Stay, gentle Helena. Hear my excuse,
	My love, my life, my soul, fair Helena.
HELENA	O excellent!
HERMIA	[to Lysander] Sweet, do not scorn her so.
DEMETRIUS	[to Lysander] If she cannot entreat, I can compel.
LYSANDER	Thou canst compel no more than she entreat. Thy threats
	have no more strength than her weak prayers. —
	Helen, I love thee. By my life, I do.
	I swear by that which I will lose for thee,
	To prove him false that says I love thee not.
DEMETRIUS	I say I love thee more than he can do.
LYSANDER	If thou say so, withdraw and prove it too.
DEMETRIUS	Quick, come.
HERMIA	Lysander, whereto tends all this?

[She takes hold of Lysander.]

LYSANDER	Away, you Ethiop!
DEMETRIUS	[to Hermia] No, no. He'll
	Seem to break loose. [To Lysander.]
	Take on as you would follow,
	But yet come not. You are a tame man, go!
LYSANDER	[to Hermia]
	Hang off, thou cat, thou burr! Vile thing, let loose,
	Or I will shake thee from me like a serpent.
HERMIA	Why are you grown so rude? What change is this,
	Sweet love?
LYSANDER	Thy love? Out, tawny Tartar, out!
	Out, loathèd med'cine! O, hated potion, hence!
HERMIA	Do you not jest?
HELENA	Yes, sooth, and so do you.
LYSANDER	Demetrius, I will keep my word with thee.
DEMETRIUS	I would I had your bond. For I perceive
	A weak bond holds you. I'll not trust your word.
LYSANDER	What? Should I hurt her, strike her, kill her dead?
	Although I hate her, I'll not harm her so.
HERMIA	What, can you do me greater harm than hate?
	Hate me? Wherefore? O me, what news, my love?
	Am not I Hermia? Are not you Lysander?
	I am as fair now as I was erewhile.
	Since night you loved me; yet since night you left me.
	Why, then, you left me — O, the gods forbid! —
	In earnest, shall I say?
LYSANDER	Ay, by my life,
	And never did desire to see thee more.
	Therefore be out of hope, of question, of doubt.
	Be certain, nothing truer, 'tis no jest
	That I do hate thee and love Helena.

[Hermia turns him loose.]

HERMIA   O me! [To Helena.] You juggler, you cankerblossom,
You thief of love! What, have you come by night
And stol'n my love's heart from him?

HELENA   Fine, i' faith.
Have you no modesty, no maiden shame,
No touch of bashfulness? What, will you tear
Impatient answers from my gentle tongue?
Fie, fie, you counterfeit, you puppet, you!

HERMIA   "Puppet"? Why so? Ay, that way goes the game.
Now I perceive that she hath made compare
Between our statures; she hath urged her height,
And with her personage, her tall personage,
Her height, forsooth, she hath prevailed with him.
And are you grown so high in his esteem
Because I am so dwarfish and so low?
How low am I, thou painted maypole? Speak!
How low am I? I am not yet so low
But that my nails can reach unto thine eyes.

HELENA   I pray you, though you mock me, gentlemen,
Let her not hurt me. I was never curst;
I have no gift at all in shrewishness.
I am a right maid for my cowardice.
Let her not strike me. You perhaps may think,
Because she is something lower than myself,
That I can match her.

HERMIA   "Lower"? Hark, again!

HELENA   Good Hermia, do not be so bitter with me.
I evermore did love you, Hermia,
Did ever keep your counsels, never wronged you —
Save that, in love unto Demetrius,

I told him of your stealth unto this wood.

He followed you; for love, I followed him.

But he hath chid me hence and threatened me

To strike me, spurn me, nay, to kill me too.

And now, so you will let me quiet go,

To Athens will I bear my folly back

And follow you no further. Let me go.

You see how simple and how fond I am.

HERMIA   Why, get you gone. Who is 't that hinders you?

HELENA   A foolish heart that I leave here behind.

HERMIA   What, with Lysander?

HELENA   With Demetrius.

LYSANDER   Be not afraid. She shall not harm thee, Helena.

DEMETRIUS   No, sir, she shall not, though you take her part.

HELENA   O, when she is angry, she is keen and shrewd.

She was a vixen when she went to school,

And though she be but little, she is fierce.

HERMIA   "Little" again? Nothing but "low" and "little"?

Why will you suffer her to flout me thus?

Let me come to her.

LYSANDER   Get you gone, you dwarf,

You minimus of hind'ring knotgrass made,

You bead, you acorn —

DEMETRIUS   You are too officious

In her behalf that scorns your services.

Let her alone. Speak not of Helena.

Take not her part. For if thou dost intend

Never so little show of love to her,

Thou shalt aby it.

LYSANDER   Now she holds me not.

Now follow, if thou dar'st, to try whose right,

Of thine or mine, is most in Helena.

DEMETRIUS "Follow"? Nay, I'll go with thee, cheek by jowl.

[Demetrius and Lysander exit.]

HERMIA You, mistress, all this coil is long of you.

[Helena retreats.]

Nay, go not back.

HELENA   I will not trust you, I,

Nor longer stay in your curst company.

Your hands than mine are quicker for a fray.

My legs are longer though, to run away. [She exits.]

HERMIA I am amazed and know not what to say. [She exits.]

OBERON [to Robin]

This is thy negligence. Still thou mistak'st,

Or else committ'st thy knaveries willfully.

ROBIN Believe me, king of shadows, I mistook.

Did not you tell me I should know the man

By the Athenian garments he had on?

And so far blameless proves my enterprise

That I have 'nointed an Athenian's eyes;

And so far am I glad it so did sort,

As this their jangling I esteem a sport.

OBERON Thou seest these lovers seek a place to fight.

Hie, therefore, Robin, overcast the night;

The starry welkin cover thou anon

With drooping fog as black as Acheron,

And lead these testy rivals so astray

As one come not within another's way.

Like to Lysander sometime frame thy tongue;

Then stir Demetrius up with bitter wrong.

And sometime rail thou like Demetrius.

And from each other look thou lead them thus,

Till o'er their brows death-counterfeiting sleep
With leaden legs and batty wings doth creep.
Then crush this herb into Lysander's eye,

               [He gives a flower to Robin.]

Whose liquor hath this virtuous property,
To take from thence all error with his might
And make his eyeballs roll with wonted sight.
When they next wake, all this derision
Shall seem a dream and fruitless vision.
And back to Athens shall the lovers wend,
With league whose date till death shall never end.
Whiles I in this affair do thee employ,
I'll to my queen and beg her Indian boy;
And then I will her charmed eye release
From monster's view, and all things shall be peace.

ROBIN   My fairy lord, this must be done with haste,
For night's swift dragons cut the clouds full fast,
And yonder shines Aurora's harbinger,
At whose approach, ghosts wand'ring here and there
Troop home to churchyards. Damned spirits all,
That in crossways and floods have burial,
Already to their wormy beds are gone.
For fear lest day should look their shames upon,
They willfully themselves exile from light
And must for aye consort with black-browed night.

OBERON   But we are spirits of another sort.
I with the Morning's love have oft made sport
And, like a forester, the groves may tread
Even till the eastern gate, all fiery red,
Opening on Neptune with fair blessed beams,
Turns into yellow gold his salt-green streams.

But notwithstanding, haste! Make no delay.

We may effect this business yet ere day. [He exits.]

ROBIN   Up and down, up and down,

       I will lead them up and down.

       I am feared in field and town.

       Goblin, lead them up and down.

Here comes one.

             [Enter Lysander.]

LYSANDER Where art thou, proud Demetrius? Speak thou now.

ROBIN   [in Demetrius' voice]

Here, villain, drawn and ready. Where art thou?

LYSANDER I will be with thee straight.

ROBIN   [in Demetrius' voice] Follow me, then, to plainer ground.

              [Lysander exits.]

             [Enter Demetrius.]

DEMETRIUS Lysander, speak again.

Thou runaway, thou coward, art thou fled?

Speak! In some bush? Where dost thou hide thy head?

ROBIN   [in Lysander's voice]

Thou coward, art thou bragging to the stars,

Telling the bushes that thou look'st for wars,

And wilt not come? Come, recreant! Come, thou child!

I'll whip thee with a rod. He is defiled

That draws a sword on thee.

DEMETRIUS   Yea, art thou there?

ROBIN   [in Lysander's voice]

Follow my voice. We'll try no manhood here.

              [They exit.]

             [Enter Lysander.]

LYSANDER He goes before me and still dares me on.

When I come where he calls, then he is gone.

The villain is much lighter-heeled than I.

I followed fast, but faster he did fly,

That fallen am I in dark uneven way,

And here will rest me. Come, thou gentle day,

For if but once thou show me thy gray light,

I'll find Demetrius and revenge this spite.

[He lies down and sleeps.]

[Enter Robin and Demetrius.]

ROBIN [in Lysander's voice]

Ho, ho, ho! Coward, why com'st thou not?

DEMETRIUS Abide me, if thou dar'st, for well I wot

Thou runn'st before me, shifting every place,

And dar'st not stand nor look me in the face.

Where art thou now?

ROBIN [in Lysander's voice] Come hither. I am here.

DEMETRIUS Nay, then, thou mock'st me. Thou shalt buy this dear

If ever I thy face by daylight see.

Now go thy way. Faintness constraineth me

To measure out my length on this cold bed.

By day's approach look to be visited.

[He lies down and sleeps.]

[Enter Helena.]

HELENA O weary night, O long and tedious night,

Abate thy hours! Shine, comforts, from the east,

That I may back to Athens by daylight

From these that my poor company detest.

And sleep, that sometimes shuts up sorrow's eye,

Steal me awhile from mine own company.

[She lies down and sleeps.]

ROBIN Yet but three? Come one more.

Two of both kinds makes up four.

Here she comes, curst and sad.

Cupid is a knavish lad

Thus to make poor females mad.

[Enter Hermia.]

HERMIA   Never so weary, never so in woe,

Bedabbled with the dew and torn with briers,

I can no further crawl, no further go.

My legs can keep no pace with my desires.

Here will I rest me till the break of day.

Heavens shield Lysander if they mean a fray!

[She lies down and sleeps.]

ROBIN   On the ground

Sleep sound.

I'll apply

To your eye,

Gentle lover, remedy.

[Robin applies the nectar to Lysander's eyes.]

When thou wak'st,

Thou tak'st

True delight

In the sight

Of thy former lady's eye.

And the country proverb known,

That every man should take his own,

In your waking shall be shown.

Jack shall have Jill;

Naught shall go ill;

The man shall have his mare again, and al

shall be well.

[He exits.]

ACT 4 Scene 1

With the four lovers still asleep onstage, enter
Titania, Queen of Fairies, and Bottom and Fairies,
and Oberon, the King, behind them unseen by those
onstage.

TITANIA	Come, sit thee down upon this flow'ry bed,
	While I thy amiable cheeks do coy,
	And stick muskroses in thy sleek smooth head,
	And kiss thy fair large ears, my gentle joy.
BOTTOM	Where's Peaseblossom?
PEASEBLOSSOM	Ready.
BOTTOM	Scratch my head, Peaseblossom. Where's Monsieur Cobweb?
COBWEB	Ready.
BOTTOM	Monsieur Cobweb, good monsieur, get you your weapons in your hand and kill me a red-hipped humble-bee on the top of a thistle, and, good monsieur, bring me the honey-bag. Do not fret yourself too much in the action, monsieur, and, good monsieur, have a care the honey-bag break not; I would be loath to have you overflown with a honey-bag, signior. [Cobweb exits.] Where's Monsieur Mustardseed?
MUSTARDSEED	Ready.
BOTTOM	Give me your neaf, Monsieur Mustardseed. Pray you, leave your courtesy, good monsieur.
MUSTARDSEED	What's your will?
BOTTOM	Nothing, good monsieur, but to help Cavalery

	Cobweb to scratch. I must to the barber's,
	monsieur, for methinks I am marvels hairy about
	the face. And I am such a tender ass, if my hair do
	but tickle me, I must scratch.
TITANIA	What, wilt thou hear some music, my sweet love?
BOTTOM	I have a reasonable good ear in music. Let's
	have the tongs and the bones.
TITANIA	Or say, sweet love, what thou desirest to eat.
BOTTOM	Truly, a peck of provender. I could munch
	your good dry oats. Methinks I have a great desire
	to a bottle of hay. Good hay, sweet hay, hath no fellow.
TITANIA	I have a venturous fairy that shall seek
	The squirrel's hoard and fetch thee new nuts.
BOTTOM	I had rather have a handful or two of dried
	peas. But, I pray you, let none of your people stir
	me; I have an exposition of sleep come upon me.
TITANIA	Sleep thou, and I will wind thee in my arms. —
	Fairies, begone, and be all ways away.

                                              [Fairies exit.]

So doth the woodbine the sweet honeysuckle
Gently entwist; the female ivy so
Enrings the barky fingers of the elm.
O, how I love thee! How I dote on thee!

                                    [Bottom and Titania sleep.]
                                    [Enter Robin Goodfellow.]

OBERON   Welcome, good Robin. Seest thou this sweet sight?
          Her dotage now I do begin to pity.
          For, meeting her of late behind the wood,
          Seeking sweet favors for this hateful fool,
          I did upbraid her and fall out with her.
          For she his hairy temples then had rounded

With coronet of fresh and fragrant flowers;

And that same dew, which sometime on the buds

Was wont to swell like round and orient pearls,

Stood now within the pretty flouriets' eyes,

Like tears that did their own disgrace bewail.

When I had at my pleasure taunted her,

And she in mild terms begged my patience,

I then did ask of her her changeling child,

Which straight she gave me, and her fairy sent

To bear him to my bower in Fairyland.

And now I have the boy, I will undo

This hateful imperfection of her eyes.

And, gentle Puck, take this transformed scalp

From off the head of this Athenian swain,

That he, awaking when the other do,

May all to Athens back again repair

And think no more of this night's accidents

But as the fierce vexation of a dream.

But first I will release the Fairy Queen.

                    [He applies the nectar to her eyes.]

        Be as thou wast wont to be.

        See as thou wast wont to see.

        Dian's bud o'er Cupid's flower

        Hath such force and blessed power.

Now, my Titania, wake you, my sweet queen.

TITANIA   [waking] My Oberon, what visions have I seen!

Methought I was enamored of an ass.

OBERON   There lies your love.

TITANIA   How came these things to pass?

O, how mine eyes do loathe his visage now!

OBERON   Silence awhile. — Robin, take off this head. —

	Titania, music call; and strike more dead
	Than common sleep of all these five the sense.
TITANIA	Music, ho, music such as charmeth sleep!
ROBIN	[removing the ass-head from Bottom]
	Now, when thou wak'st, with thine own fool's eyes peep.
OBERON	Sound music. [Music.]

Come, my queen, take hands with me,

And rock the ground whereon these sleepers be.

[Titania and Oberon dance.]

Now thou and I are new in amity,

And will tomorrow midnight solemnly

Dance in Duke Theseus' house triumphantly,

And bless it to all fair prosperity.

There shall the pairs of faithful lovers be

Wedded, with Theseus, all in jollity.

ROBIN   Fairy king, attend and mark.

               I do hear the morning lark.

OBERON   Then, my queen, in silence sad

               Trip we after night's shade.

               We the globe can compass soon,

               Swifter than the wand'ring moon.

TITANIA   Come, my lord, and in our flight

               Tell me how it came this night

               That I sleeping here was found

               With these mortals on the ground.

[Oberon, Robin, and Titania exit.]

[Wind horn. Enter Theseus and all his train,

Hippolyta, Egeus.]

THESEUS   Go, one of you, find out the Forester.

            For now our observation is performed,

            And, since we have the vaward of the day,

My love shall hear the music of my hounds.
Uncouple in the western valley; let them go.
Dispatch, I say, and find the Forester.

[A Servant exits.]

We will, fair queen, up to the mountain's top
And mark the musical confusion
Of hounds and echo in conjunction.

HIPPOLYTA   I was with Hercules and Cadmus once,
When in a wood of Crete they bayed the bear
With hounds of Sparta. Never did I hear
Such gallant chiding, for, besides the groves,
The skies, the fountains, every region near
Seemed all one mutual cry. I never heard
So musical a discord, such sweet thunder.

THESEUS   My hounds are bred out of the Spartan kind,
So flewed, so sanded; and their heads are hung
With ears that sweep away the morning dew;
Crook-kneed, and dewlapped like Thessalian bulls;
Slow in pursuit, but matched in mouth like bells,
Each under each. A cry more tunable
Was never holloed to, nor cheered with horn,
In Crete, in Sparta, nor in Thessaly.
Judge when you hear. — But soft!
What nymphs are these?

EGEUS   My lord, this is my daughter here asleep,
And this Lysander; this Demetrius is,
This Helena, old Nedar's Helena.
I wonder of their being here together.

THESEUS   No doubt they rose up early to observe
The rite of May, and hearing our intent,
Came here in grace of our solemnity.

	But speak, Egeus. Is not this the day
	That Hermia should give answer of her choice?
EGEUS	It is, my lord.
THESEUS	Go, bid the huntsmen wake them with
	their horns.

                                         [A Servant exits.]

                        [Shout within. Wind horns. They all start up.]

THESEUS	Good morrow, friends. Saint Valentine is past.
	Begin these woodbirds but to couple now?

     [Demetrius, Helena, Hermia, and Lysander kneel.]

LYSANDER	Pardon, my lord.
THESEUS	I pray you all, stand up.

                                     [They rise.]

	I know you two are rival enemies.
	How comes this gentle concord in the world,
	That hatred is so far from jealousy
	To sleep by hate and fear no enmity?
LYSANDER	My lord, I shall reply amazedly,
	Half sleep, half waking. But as yet, I swear,
	I cannot truly say how I came here.
	But, as I think — for truly would I speak,
	And now I do bethink me, so it is:
	I came with Hermia hither. Our intent
	Was to be gone from Athens, where we might,
	Without the peril of the Athenian law —
EGEUS	Enough, enough! — My lord, you have enough.
	I beg the law, the law upon his head.
	They would have stol'n away. — They would, Demetrius,
	Thereby to have defeated you and me:
	You of your wife and me of my consent,
	Of my consent that she should be your wife.

DEMETRIUS My lord, fair Helen told me of their stealth,
Of this their purpose hither to this wood,
And I in fury hither followed them,
Fair Helena in fancy following me.
But, my good lord, I wot not by what power
(But by some power it is) my love to Hermia,
Melted as the snow, seems to me now
As the remembrance of an idle gaud
Which in my childhood I did dote upon,
And all the faith, the virtue of my heart,
The object and the pleasure of mine eye,
Is only Helena. To her, my lord,
Was I betrothed ere I saw Hermia.
But like a sickness did I loathe this food.
But, as in health, come to my natural taste,
Now I do wish it, love it, long for it,
And will forevermore be true to it.

THESEUS Fair lovers, you are fortunately met.
Of this discourse we more will hear anon. —
Egeus, I will overbear your will,
For in the temple by and by, with us,
These couples shall eternally be knit. —
And, for the morning now is something worn,
Our purposed hunting shall be set aside.
Away with us to Athens. Three and three,
We'll hold a feast in great solemnity.
Come, Hippolyta.

[Theseus and his train,
including Hippolyta and Egeus, exit.]

DEMETRIUS These things seem small and undistinguishable,
Like far-off mountains turned into clouds.

HERMIA	Methinks I see these things with parted eye,
	When everything seems double.
HELENA	So methinks.
	And I have found Demetrius like a jewel,
	Mine own and not mine own.
DEMETRIUS	Are you sure
	That we are awake? It seems to me
	That yet we sleep, we dream. Do not you think
	The Duke was here and bid us follow him?
HERMIA	Yea, and my father.
HELENA	And Hippolyta.
LYSANDER	And he did bid us follow to the temple.
DEMETRIUS	Why, then, we are awake. Let's follow him,
	And by the way let us recount our dreams.

[Lovers exit.]

BOTTOM [waking up] When my cue comes, call me, and I will answer. My next is "Most fair Pyramus." Hey-ho! Peter Quince! Flute the bellows-mender! Snout the tinker! Starveling! God's my life! Stolen hence and left me asleep! I have had a most rare vision. I have had a dream past the wit of man to say what dream it was. Man is but an ass if he go about to expound this dream. Methought I was — there is no man can tell what. Methought I was and methought I had — but man is but a patched fool if he will offer to say what methought I had. The eye of man hath not heard, the ear of man hath not seen, man's hand is not able to taste, his tongue to conceive, nor his heart to report what my dream was. I will get Peter Quince to write a ballad of this dream. It shall be called "Bottom's Dream" because it hath no bottom; and I will sing it in the latter end of a play, before the Duke. Peradventure, to make it the more gracious, I shall sing it at her death.

[He exits.]

ACT 4 Scene 2

Enter Quince, Flute, Snout, and Starveling.

QUINCE   Have you sent to Bottom's house? Is he come home yet?

STARVELING   He cannot be heard of. Out of doubt he is transported.

FLUTE   If he come not, then the play is marred. It goes not forward, doth it?

QUINCE   It is not possible. You have not a man in all Athens able to discharge Pyramus but he.

FLUTE   No, he hath simply the best wit of any handicraftman in Athens.

QUINCE   Yea, and the best person too, and he is a very paramour for a sweet voice.

FLUTE   You must say "paragon." A "paramour" is (God bless us) a thing of naught.

[Enter Snug the joiner.]

SNUG   Masters, the Duke is coming from the temple, and there is two or three lords and ladies more married. If our sport had gone forward, we had all been made men.

FLUTE   O, sweet bully Bottom! Thus hath he lost sixpence

a day during his life. He could not have
'scaped sixpence a day. An the Duke had not given
him sixpence a day for playing Pyramus, I'll be
hanged. He would have deserved it. Sixpence a day
in Pyramus, or nothing!

[Enter Bottom.]

BOTTOM   Where are these lads? Where are these hearts?

QUINCE   Bottom! O most courageous day! O most happy hour!

BOTTOM   Masters, I am to discourse wonders. But ask
            me not what; for, if I tell you, I am not true
            Athenian. I will tell you everything right as it fell out.

QUINCE   Let us hear, sweet Bottom.

BOTTOM   Not a word of me. All that I will tell you is that
            the Duke hath dined. Get your apparel together,
            good strings to your beards, new ribbons to your
            pumps. Meet presently at the palace. Every man
            look o'er his part. For the short and the long is, our
            play is preferred. In any case, let Thisbe have clean
            linen, and let not him that plays the lion pare his
            nails, for they shall hang out for the lion's claws.
            And, most dear actors, eat no onions nor garlic, for
            we are to utter sweet breath, and I do not doubt but
            to hear them say it is a sweet comedy. No more
            words. Away! Go, away!

[They exit.]

ACT 5 Scene 1

Enter Theseus, Hippolyta, and Philostrate, Lords, and
Attendants.

HIPPOLYTA   'Tis strange, my Theseus, that these lovers speak of.

THESEUS   More strange than true. I never may believe
These antique fables nor these fairy toys.
Lovers and madmen have such seething brains,
Such shaping fantasies, that apprehend
More than cool reason ever comprehends.
The lunatic, the lover, and the poet
Are of imagination all compact.
One sees more devils than vast hell can hold:
That is the madman. The lover, all as frantic,
Sees Helen's beauty in a brow of Egypt.
The poet's eye, in a fine frenzy rolling,
Doth glance from heaven to Earth, from Earth to heaven,
And as imagination bodies forth
The forms of things unknown, the poet's pen
Turns them to shapes and gives to airy nothing
A local habitation and a name.
Such tricks hath strong imagination
That, if it would but apprehend some joy,
It comprehends some bringer of that joy.
Or in the night, imagining some fear,
How easy is a bush supposed a bear!

HIPPOLYTA   But all the story of the night told over,
And all their minds transfigured so together,
More witnesseth than fancy's images

And grows to something of great constancy,

But, howsoever, strange and admirable.

[Enter Lovers: Lysander, Demetrius,

Hermia, and Helena.]

THESEUS   Here come the lovers full of joy and mirth. —

Joy, gentle friends! Joy and fresh days of love

Accompany your hearts!

LYSANDER   More than to us

Wait in your royal walks, your board, your bed!

THESEUS   Come now, what masques, what dances shall we have

To wear away this long age of three hours

Between our after-supper and bedtime?

Where is our usual manager of mirth?

What revels are in hand? Is there no play

To ease the anguish of a torturing hour?

Call Philostrate.

PHILOSTRATE   [coming forward] Here, mighty Theseus.

THESEUS   Say what abridgment have you for this evening,

What masque, what music? How shall we beguile

The lazy time if not with some delight?

PHILOSTRATE   [giving Theseus a paper]

There is a brief how many sports are ripe.

Make choice of which your Highness will see first.

THESEUS   "The battle with the Centaurs, to be sung

By an Athenian eunuch to the harp."

We'll none of that. That have I told my love

In glory of my kinsman Hercules.

"The riot of the tipsy Bacchanals,

Tearing the Thracian singer in their rage."

That is an old device, and it was played

When I from Thebes came last a conqueror.

"The thrice-three Muses mourning for the death
Of learning, late deceased in beggary."
That is some satire, keen and critical,
Not sorting with a nuptial ceremony.
"A tedious brief scene of young Pyramus
And his love Thisbe, very tragical mirth."
"Merry" and "tragical"? "Tedious" and "brief"?
That is hot ice and wondrous strange snow!
How shall we find the concord of this discord?

PHILOSTRATE A play there is, my lord, some ten words long
(Which is as brief as I have known a play),
But by ten words, my lord, it is too long,
Which makes it tedious; for in all the play,
There is not one word apt, one player fitted.
And tragical, my noble lord, it is.
For Pyramus therein doth kill himself,
Which, when I saw rehearsed, I must confess,
Made mine eyes water; but more merry tears
The passion of loud laughter never shed.

THESEUS What are they that do play it?

PHILOSTRATE Hard-handed men that work in Athens here,
Which never labored in their minds till now,
And now have toiled their unbreathed memories
With this same play, against your nuptial.

THESEUS And we will hear it.

PHILOSTRATE No, my noble lord,
It is not for you. I have heard it over,
And it is nothing, nothing in the world,
Unless you can find sport in their intents,
Extremely stretched and conned with cruel pain
To do you service.

THESEUS   I will hear that play,

                 For never anything can be amiss

                 When simpleness and duty tender it.

                 Go, bring them in — and take your places, ladies.

                                         [Philostrate exits.]

HIPPOLYTA   I love not to see wretchedness o'ercharged,

                 And duty in his service perishing.

THESEUS   Why, gentle sweet, you shall see no such thing.

HIPPOLYTA   He says they can do nothing in this kind.

THESEUS   The kinder we, to give them thanks for nothing.

                 Our sport shall be to take what they mistake;

                 And what poor duty cannot do, noble respect

                 Takes it in might, not merit.

                 Where I have come, great clerks have purposed

                 To greet me with premeditated welcomes,

                 Where I have seen them shiver and look pale,

                 Make periods in the midst of sentences,

                 Throttle their practiced accent in their fears,

                 And in conclusion dumbly have broke off,

                 Not paying me a welcome. Trust me, sweet,

                 Out of this silence yet I picked a welcome,

                 And in the modesty of fearful duty,

                 I read as much as from the rattling tongue

                 Of saucy and audacious eloquence.

                 Love, therefore, and tongue-tied simplicity

                 In least speak most, to my capacity.

                                         [Enter Philostrate.]

PHILOSTRATE   So please your Grace, the Prologue is addressed.

THESEUS   Let him approach.

                                         [Enter the Prologue.]

PROLOGUE   If we offend, it is with our goodwill.

That you should think we come not to offend,

But with goodwill. To show our simple skill,

That is the true beginning of our end.

Consider, then, we come but in despite.

We do not come, as minding to content you,

Our true intent is. All for your delight

We are not here. That you should here repent you,

The actors are at hand, and, by their show,

You shall know all that you are like to know.

[Prologue exits.]

THESEUS This fellow doth not stand upon points.

LYSANDER He hath rid his prologue like a rough colt;

he knows not the stop. A good moral, my lord: it is

not enough to speak, but to speak true.

HIPPOLYTA Indeed he hath played on this prologue like

a child on a recorder — a sound, but not in government.

THESEUS His speech was like a tangled chain — nothing

impaired, but all disordered. Who is next?

[Enter Pyramus (Bottom), and Thisbe (Flute), and

Wall (Snout), and Moonshine (Starveling), and Lion

(Snug), and Prologue (Quince).]

QUINCE [as Prologue]

Gentles, perchance you wonder at this show.

But wonder on, till truth make all things plain.

This man is Pyramus, if you would know.

This beauteous lady Thisbe is certain.

This man with lime and roughcast doth present

"Wall," that vile wall which did these lovers sunder;

And through Wall's chink, poor souls, they are content

To whisper, at the which let no man wonder.

This man, with lantern, dog, and bush of thorn,

Presenteth "Moonshine," for, if you will know,
By moonshine did these lovers think no scorn
  To meet at Ninus' tomb, there, there to woo.
This grisly beast (which "Lion" hight by name)
  The trusty Thisbe coming first by night
Did scare away or rather did affright;
And, as she fled, her mantle she did fall,
  Which Lion vile with bloody mouth did stain.
Anon comes Pyramus, sweet youth and tall,
  And finds his trusty Thisbe's mantle slain.
Whereat, with blade, with bloody blameful blade,
  He bravely broached his boiling bloody breast.
And Thisbe, tarrying in mulberry shade,
  His dagger drew, and died. For all the rest,
Let Lion, Moonshine, Wall, and lovers twain
At large discourse, while here they do remain.

| THESEUS | I wonder if the lion be to speak. |
| DEMETRIUS | No wonder, my lord. One lion may when many asses do. |

[Lion, Thisbe, Moonshine, and Prologue exit.]

| SNOUT | [as Wall] In this same interlude it doth befall |

That I, one Snout by name, present a wall;
And such a wall as I would have you think
That had in it a crannied hole or chink,
Through which the lovers, Pyramus and Thisbe,
Did whisper often, very secretly.
This loam, this roughcast, and this stone doth show
That I am that same wall. The truth is so.
And this the cranny is, right and sinister,
Through which the fearful lovers are to whisper.

| THESEUS | Would you desire lime and hair to speak better? |
| DEMETRIUS | It is the wittiest partition that ever I heard |

discourse, my lord.

THESEUS Pyramus draws near the wall. Silence.

BOTTOM [as Pyramus]

O grim-looked night! O night with hue so black!
  O night, which ever art when day is not!
O night! O night! Alack, alack, alack!
  I fear my Thisbe's promise is forgot.
And thou, O wall, O sweet, O lovely wall,
  That stand'st between her father's ground and mine,
Thou wall, O wall, O sweet and lovely wall,
  Show me thy chink to blink through with mine eyne.
Thanks, courteous wall. Jove shield thee well for this.
  But what see I? No Thisbe do I see.
O wicked wall, through whom I see no bliss,
  Cursed be thy stones for thus deceiving me!

THESEUS The wall, methinks, being sensible, should curse again.

BOTTOM No, in truth, sir, he should not. "Deceiving
me" is Thisbe's cue. She is to enter now, and I am
to spy her through the wall. You shall see it will fall
pat as I told you. Yonder she comes.

                    [Enter Thisbe (Flute).]

FLUTE [as Thisbe]

O wall, full often hast thou heard my moans
  For parting my fair Pyramus and me.
My cherry lips have often kissed thy stones,
  Thy stones with lime and hair knit up in thee.

BOTTOM [as Pyramus] I see a voice! Now will I to the chink
  To spy an I can hear my Thisbe's face.
Thisbe?

FLUTE [as Thisbe] My love! Thou art my love, I think.

BOTTOM [as Pyramus]

Think what thou wilt, I am thy lover's grace,

And, like Limander, am I trusty still.

FLUTE [as Thisbe] And I like Helen, till the Fates me kill.

BOTTOM [as Pyramus] Not Shafalus to Procrus was so true.

FLUTE [as Thisbe] As Shafalus to Procrus, I to you.

BOTTOM [as Pyramus]

O kiss me through the hole of this vile wall.

FLUTE [as Thisbe]

I kiss the wall's hole, not your lips at all.

BOTTOM [as Pyramus]

Wilt thou at Ninny's tomb meet me straightway?

FLUTE [as Thisbe]

'Tide life, 'tide death, I come without delay.

[Bottom and Flute exit.]

SNOUT [as Wall] Thus have I, Wall, my part discharged so,

And, being done, thus Wall away doth go.

[He exits.]

THESEUS Now is the wall down between the two neighbors.

DEMETRIUS No remedy, my lord, when walls are so
willful to hear without warning.

HIPPOLYTA This is the silliest stuff that ever I heard.

THESEUS The best in this kind are but shadows, and
the worst are no worse, if imagination amend them.

HIPPOLYTA It must be your imagination, then, and not theirs.

THESEUS If we imagine no worse of them than they of
themselves, they may pass for excellent men. Here
come two noble beasts in, a man and a lion.

[Enter Lion (Snug) and Moonshine (Starveling).]

SNUG [as Lion]

You ladies, you whose gentle hearts do fear

The smallest monstrous mouse that creeps on floor,

180

	May now perchance both quake and tremble here,
	When lion rough in wildest rage doth roar.
	Then know that I, as Snug the joiner, am
	A lion fell, nor else no lion's dam;
	For if I should as lion come in strife
	Into this place, 'twere pity on my life.
THESEUS	A very gentle beast, and of a good conscience.
DEMETRIUS	The very best at a beast, my lord, that e'er I saw.
LYSANDER	This lion is a very fox for his valor.
THESEUS	True, and a goose for his discretion.
DEMETRIUS	Not so, my lord, for his valor cannot carry
	his discretion, and the fox carries the goose.
THESEUS	His discretion, I am sure, cannot carry his
	valor, for the goose carries not the fox. It is well.
	Leave it to his discretion, and let us listen to the Moon.
STARVELING	[as Moonshine]
	This lanthorn doth the horned moon present.
DEMETRIUS	He should have worn the horns on his head.
THESEUS	He is no crescent, and his horns are invisible
	within the circumference.
STARVELING	[as Moonshine]
	This lanthorn doth the horned moon present.
	Myself the man i' th' moon do seem to be.
THESEUS	This is the greatest error of all the rest; the
	man should be put into the lanthorn. How is it else
	"the man i' th' moon"?
DEMETRIUS	He dares not come there for the candle,
	for you see, it is already in snuff.
HIPPOLYTA	I am aweary of this moon. Would he would change.
THESEUS	It appears by his small light of discretion that
	he is in the wane; but yet, in courtesy, in all reason,

	we must stay the time.
LYSANDER	Proceed, Moon.
STARVELING	[as Moonshine] All that I have to say is to tell you
	that the lanthorn is the moon, I the man i' th' moon,
	this thornbush my thornbush, and this dog my dog.
DEMETRIUS	Why, all these should be in the lanthorn,
	for all these are in the moon. But silence.
	Here comes Thisbe.

[Enter Thisbe (Flute).]

FLUTE	[as Thisbe]
	This is old Ninny's tomb. Where is my love?
SNUG	[as Lion] O!

[The Lion roars. Thisbe runs off,
dropping her mantle.]

DEMETRIUS	Well roared, Lion.
THESEUS	Well run, Thisbe.
HIPPOLYTA	Well shone, Moon. Truly, the Moon shines
	with a good grace.

[Lion worries the mantle.]

THESEUS	Well moused, Lion.

[Enter Pyramus (Bottom).]

DEMETRIUS	And then came Pyramus.

[Lion exits.]

LYSANDER	And so the lion vanished.
BOTTOM	[as Pyramus]
	Sweet Moon, I thank thee for thy sunny beams.
	I thank thee, Moon, for shining now so bright,
	For by thy gracious, golden, glittering gleams,
	I trust to take of truest Thisbe sight. —
	But stay! O spite!
	But mark, poor knight,

What dreadful dole is here!

  Eyes, do you see!

  How can it be!

O dainty duck! O dear!

  Thy mantle good —

  What, stained with blood?

Approach, ye Furies fell!

  O Fates, come, come,

  Cut thread and thrum,

Quail, crush, conclude, and quell!

THESEUS   This passion, and the death of a dear friend,
would go near to make a man look sad.

HIPPOLYTA   Beshrew my heart but I pity the man.

BOTTOM   [as Pyramus]

O, wherefore, Nature, didst thou lions frame,

  Since lion vile hath here deflowered my dear,

Which is — no, no — which was the fairest dame

  That lived, that loved, that liked, that looked with cheer?

  Come, tears, confound!

  Out, sword, and wound

The pap of Pyramus;

  Ay, that left pap,

  Where heart doth hop. [Pyramus stabs himself.]

Thus die I, thus, thus, thus.

  Now am I dead;

  Now am I fled;

My soul is in the sky.

  Tongue, lose thy light!

  Moon, take thy flight! [Moonshine exits.]

Now die, die, die, die, die.   [Pyramus falls.]

DEMETRIUS   No die, but an ace for him, for he is but one.

LYSANDER	Less than an ace, man, for he is dead, he is nothing.
THESEUS	With the help of a surgeon he might yet
	recover and yet prove an ass.
HIPPOLYTA	How chance Moonshine is gone before
	Thisbe comes back and finds her lover?
THESEUS	She will find him by starlight.

[Enter Thisbe (Flute).]

Here she comes, and her passion ends the play.

HIPPOLYTA	Methinks she should not use a long one for
	such a Pyramus. I hope she will be brief.
DEMETRIUS	A mote will turn the balance, which Pyramus,
	which Thisbe, is the better: he for a man, God
	warrant us; she for a woman, God bless us.
LYSANDER	She hath spied him already with those
	sweet eyes.
DEMETRIUS	And thus she means, videlicet —
FLUTE	[as Thisbe] Asleep, my love?

   What, dead, my dove?

  O Pyramus, arise!

   Speak, speak. Quite dumb?

   Dead? Dead? A tomb

  Must cover thy sweet eyes.

   These lily lips,

   This cherry nose,

  These yellow cowslip cheeks

   Are gone, are gone!

   Lovers, make moan;

  His eyes were green as leeks.

   O Sisters Three,

   Come, come to me

  With hands as pale as milk.

Lay them in gore,

Since you have shore

With shears his thread of silk.

Tongue, not a word!

Come, trusty sword,

Come, blade, my breast imbrue!

[Thisbe stabs herself.]

And farewell, friends.

Thus Thisbe ends.

Adieu, adieu, adieu.   [Thisbe falls.]

THESEUS   Moonshine and Lion are left to bury the dead.

DEMETRIUS   Ay, and Wall too.

[Bottom and Flute arise.]

BOTTOM   No, I assure you, the wall is down that
parted their fathers. Will it please you to see the
Epilogue or to hear a Bergomask dance between
two of our company?

THESEUS   No epilogue, I pray you. For your play needs no
excuse. Never excuse. For when the players are all
dead, there need none to be blamed. Marry, if he
that writ it had played Pyramus and hanged himself
in Thisbe's garter, it would have been a fine tragedy;
and so it is, truly, and very notably discharged. But,
come, your Bergomask. Let your epilogue alone.

[Dance, and the players exit.]

The iron tongue of midnight hath told twelve.

Lovers, to bed! 'Tis almost fairy time.

I fear we shall outsleep the coming morn

As much as we this night have overwatched.

This palpable-gross play hath well beguiled

The heavy gait of night. Sweet friends, to bed.

A fortnight hold we this solemnity

In nightly revels and new jollity.   [They exit.]

[Enter Robin Goodfellow.]

ROBIN   Now the hungry lion roars,

  And the wolf behowls the moon,

Whilst the heavy plowman snores,

  All with weary task fordone.

Now the wasted brands do glow,

  Whilst the screech-owl, screeching loud,

Puts the wretch that lies in woe

  In remembrance of a shroud.

Now it is the time of night

  That the graves, all gaping wide,

Every one lets forth his sprite

  In the church-way paths to glide.

And we fairies, that do run

  By the triple Hecate's team

From the presence of the sun,

  Following darkness like a dream,

Now are frolic. Not a mouse

Shall disturb this hallowed house.

I am sent with broom before,

  To sweep the dust behind the door.

[Enter Oberon and Titania, King and Queen of
Fairies, with all their train.]

OBERON   Through the house give glimmering light,

  By the dead and drowsy fire.

Every elf and fairy sprite,

  Hop as light as bird from brier,

And this ditty after me,

Sing and dance it trippingly.

TITANIA	First rehearse your song by rote,
	To each word a warbling note.
	Hand in hand, with fairy grace,
	Will we sing and bless this place.

[Oberon leads the Fairies in song and dance.]

OBERON	Now, until the break of day,
	Through this house each fairy stray.
	To the best bride-bed will we,
	Which by us shall blessed be,
	And the issue there create
	Ever shall be fortunate.
	So shall all the couples three
	Ever true in loving be,
	And the blots of Nature's hand
	Shall not in their issue stand.
	Never mole, harelip, nor scar,
	Nor mark prodigious, such as are
	Despised in nativity,
	Shall upon their children be.
	With this field-dew consecrate
	Every fairy take his gait,
	And each several chamber bless,
	Through this palace, with sweet peace.
	And the owner of it blest,
	Ever shall in safety rest.
	Trip away. Make no stay.
	Meet me all by break of day.

[All but Robin exit.]

ROBIN	If we shadows have offended,
	Think but this and all is mended:
	That you have but slumbered here

While these visions did appear.

And this weak and idle theme,

No more yielding but a dream,

Gentles, do not reprehend.

If you pardon, we will mend.

And, as I am an honest Puck,

If we have unearned luck

Now to 'scape the serpent's tongue,

We will make amends ere long.

Else the Puck a liar call.

So good night unto you all.

Give me your hands, if we be friends,

And Robin shall restore amends.

[He exits.]

한여름 밤의 꿈

1판 1쇄 펴냄	2023년 5월 12일
1판 2쇄 펴냄	2024년 2월 27일

지은이	윌리엄 셰익스피어
옮긴이	최종철
발행인	박근섭 · 박상준

펴낸곳	(주)민음사
출판등록	1966. 5. 19. 제16-490호
주소	서울시 강남구 도산대로1길 62(신사동)
	강남출판문화센터 5층(우편번호 06027)
대표전화	02-515-2000
팩시밀리	02-515-2007
홈페이지	www.minumsa.com

잘못 만들어진 책은 구입처에서 교환해 드립니다.